「あっ……やっ……そんな……あんっ」

鼻にかかった甘い吐息が政臣の前髪を揺らす。

「美月……君は、随分感じやすい体みたいだ。そんな声を出されると……」

――もっと苛めてみたくなる。

政臣は言葉の代わりに一層激しく美月の胸を責めた。

パーフェクトな旦那様は身代わり妻を甘やかしたい

東 万里央

Vanilla文庫 Miel

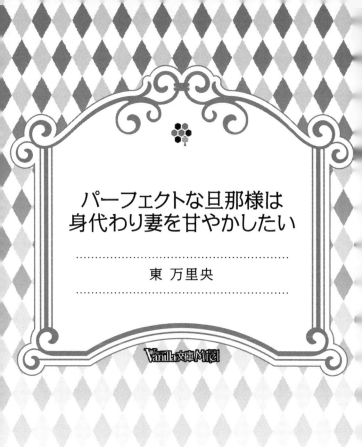

パーフェクトな旦那様は身代わり妻を甘やかしたい

目次

イラスト／敷城こなつ

プロローグ

――結婚前の顔合わせの会場となる都内五つ星ホテルの料亭の個室。

落ち着きのある茅色《かやいろ》の室内は年月を経た、い草の香りがする。

床の間には古拙な信楽焼《しがらきやき》の壺《つぼ》が置かれ、名も知らぬ一輪の薄紅色の花が生けられている。

簡素なのだが同時に洗練されており、それだけでオーナーの趣味の良さがうかがえた。

生け花の背後にある掛け軸には、雲海《うんかい》に見え隠れする富士山の頂上が描かれている。それなりの画家の手による作品なのだろう。

四人掛けの和モダンのテーブル前には、恐れていた座布団ではなく低めの椅子が配置されている。

(よかった。椅子なら足が痺《しび》れない)

この数日、上流階級出身の相手の男性に相応しいようにと、父の浩一郎《こういちろう》の意向で茶道や華道の専任講師を付けられ、所作を叩《たた》き込《こ》まれてきたのだ。

まさしくスパルタ教育で、大学生の受験勉強なみに躾《しつ》け直された。

とはいえ、付け焼き刃でしかなかったので、どこかで粗相《そそう》をしないかと不安だ。

(ううん、もう引き返せないんだから、座布団だろうと椅子だろうと関係ないわ。いい、美月《みつき》、絶対に失敗しちゃ駄目よ。峠《とうげ》亭の未来が掛かっているんだから)

「失礼します」

覚悟を決めて草履《ぞうり》を脱ぐ。

座敷に上がった途端、着物をずしりと重く感じた。

着物は生成り色に近い薄黄緑の訪問着で、梅の花や丸菊、松と多様な草花、扇面に七宝が描かれている。

帯は金を基調に着物と同じ薄黄緑や赤が散り、柄は桜になっていた。

全体的に明るく若々しい印象である。

なお、加賀友禅の作家もので、価格は新入社員の年収分はするとのことだった。

こんな時でなければ成人式みたいだとはしゃいでいたかもしれない。

だが、今から異母姉の身代わりとして、紅林家《くればやしけ》のための顔合わせに臨むのだ。はしゃぐどころではなく極度の緊張状態にあった。

椅子の一脚にはすでに男性が腰掛けていたが、美月を目にしてすぐに席を立った。

「お忙しいところを……」

随分と背の高い男性だった。百八十センチを余裕で越えているだろう。

丁寧に整えられた髪にダークグリーンのオーバル型の眼鏡。

知的かつストイックな印象のするネイビーカラーのスーツがよく似合う。シルバーのネクタイは遊んだデザインではないのに、堅苦しくも見えないのが不思議だった。

切れ長の目は驚きに見開かれている。

（えっ……この人って……）

美月もその端整な顔立ちを凝視し、同じタイミングであっと声を上げた。

「ストレートコーヒーのお客様……？」

「峠亭《とうげてい》の……。なぜあなたがここにいるのですか？」

美月はまさかと目を瞬かせる。

「わ、私は今日、堂上《どのうえ》さんという方とのお見合いに来たんです。どうしてお客様が」

男性はまだ信じられないといった顔をしていたが、やがて落ち着きを取り戻し、「僕がその堂上です」と名乗る。

「堂上政臣《まさおみ》。堂上共同建設コンサルタントで紅林建設を担当しております。あなたが美月さんですか？」

第一章　パーフェクトな旦那様との出会い

珈琲館峠亭は東京下町の裏通りにある昭和風レトロとコーヒーが売りの純喫茶だ。

レンガ風の壁とくすんだ灰緑色の屋根はお伽噺《ときばなし》の赤ずきんのお婆《ばあ》さんの家を思わせる。

室内はアンティーク風でニスの光るテーブルは年季が入っている。

その上に吊《つ》り下《さ》げられたランプのオレンジの灯《あか》りは疲れた心をほっとリラックスさせてくれた。

午後三時半。少々中途半端な時間で、客はいないわけではないのだが、テーブル席は一割しか埋まっていない。

全員が近隣に住む常連客で、美月も慣れ親しんではいるが、少々刺激に掛ける顔ぶれだった。

だから、そのスーツ姿の男性が店の扉を開けた時に少々驚いたのだ。

カランカランとくすんだ真鍮《しんちゅう》のドアベルが鳴る。

「いらっしゃいませ」

「一人です」

重低音の心地のいい声だった。

「お好きな席にどうぞ」

「ああ、そうですか。なら……」

男性は迷いなく外の景色の見える窓際の席を選んだ。

早速水とメニューを持っていく。

「ご注文がお決まりになりましたらお呼びください」

カウンターの奥に引っ込み、エプロンの紐《ひも》を結び直すふりをしながら密《ひそ》かに男性を観察する。

(素敵な人だなあ。大人の人って感じで……)

艶のある黒髪は丁寧に整えられている。

ダークグリーンのオーバル型の眼鏡がレンズ上にあるくっきりした眉と、向こうにある切れ長の目をより知的に見せていた。

通った鼻筋には品があり、薄い唇はコーヒーや煙草《たばこ》といった大人を象徴するアイテムが似合いそうだ。

シャドーチェックのネイビーカラーのスーツの上着はしっかりした肩と長い腕を、パンツは長い足を引き立てている。

スタイルもいいが、知性を感じる長い指と短く切られた爪、男性らしい骨格の手にも心惹《ひ》かれた。

下町育ちの美月はブランド品に詳しくないが、高価なものなのだとは布地の光沢から見て取れる。

峠亭にはサラリーマンも訪れるが、これほどスーツの似合う男性は初めてだった。

(ううん、スーツだけじゃない。なんでも似合いそう)

年齢は三十前後だろうか。男性としてもっとも脂《あぶら》が乗っている時期だ。

「すみません」

声を掛けられ我に返る。

「はい、ご注文ですか？」

「ええ、キリマンジャロで」

いつものようにコーヒーについて説明する。

「こちらネルドリップのストレートコーヒーになりまして、あっ、ネルってフランネルという布のことです」

ちょっとオタクっぽいかなと反省しつつ言葉が止まらない。

「そのネルをフィルターにして入れるコーヒーで、少々お時間が掛かりますがよろしいですか？　早く召し上がりたいのでしたら、ブレンドコーヒーがお勧めですよ」

男性の切れ長の目がわずかに見開かれる。

「ネルドリップなのですか。ぜひそちらでお願いします」

ネルドリップについて知っているようだ。コーヒーが好きなのかもしれなかった。

メニューを手にカウンターの向こうの調理台に向かう。

温めたポットに濾《こ》し袋を被せ、コーヒー粉を入れ表面をならす。

まず粉全体に中央から「の」の字を書くように丁寧に注いで二十秒。

二度目はお湯を注ぐ位置を上下させ、たっぷり泡を出してから時計回りに一周。この一手間で風味豊かな味わいとなる。

三度目になるとより繊細さが求められる。出た泡を崩さないよう注ぎ、同じ作業を三度繰り返す。

最後に小花柄のカップにコーヒーを注いだ。香ばしい香りが鼻に届き美月は思わず微笑《ほほえ》む。

（うん、この瞬間がやっぱり好き）

母からは大学へ行くよう勧められたが、母子家庭なので学費が負担になるだろうと思うと気が進まなかったし、そもそも大学へ行って学びたいことがなかった。

この店が、コーヒーを淹れることが、料理が好きで、跡を継げたらと考えていたのだ。

だから、大学へ行くよりも専門学校を選んだ。

コーヒーを初めとする嗜好《しこう》飲料や料理について勉強しながら峠亭で働き、専門学校卒業後、本格的に一員となって二十歳の今に至る。

もうストレートコーヒーを淹れるのも、日替わりランチのメニューを考えるのも、峠亭で人気のオムライスを作るのもお手のものだ。

美月にとっては幼い頃から出入りしていた峠亭は大切な居場所だった。

カップと小皿を盆に載せ男性の元に運んでいく。

「どうぞ、キリマンジャロです。こちらはサービスのクッキーです」

シンプルなサブレで先日美月が試作品に焼いたものだった。

「ああ、ありがとうございます。ちょっと甘いものが食べたかったので」

美月がカウンターの向こうに引っ込むと、男性はおもむろにカップを手に取りコーヒーを一口飲んだ。

湯気に端整な横顔が揺らぐ。

男性は小さく頷《うなず》き、もう一口飲み、続いてクッキーを口に入れた。ほうと溜《た》め息《いき》を吐き水面に目を落とす。

(美味《おい》しかったかな?)

腕に自信はあるのだがドキドキする。

男性はゆっくりとコーヒーを飲み、十五分ほど寛《くつろ》ぎ、最後にもう一度溜め息を吐いて席を立った。

懐から財布を出しレジへと向かう。美月もタイミングを合わせた。

「七百五十円になります」

「コーヒーですが……」

男性に声を掛けられ顔を上げる。

「月並みですがとても美味しかったです。香りも、口当たりも、飲み応えも、今まで飲んだ中で一番でした」

薄い唇の端には微笑みが浮かんでいた。

「あっ……ありがとうございます」

美味しいと褒められるのは初めてではない。気さくな常連客からは「美味《うま》かった」「また食べに来る」と毎日言われる。

だが、男性からの言葉はその百倍は嬉《うれ》しかった。

「また来てくださいね」

頬《ほお》が赤くなっていませんようにと願いながらにっこりと笑い返す。

「ええ、ぜひ」

男性が店を出て行くのと同時に真鍮のドアベルがカランカランと鳴る。

(また来てくれるといいのになあ)

美月は名残惜しい思いで男性の広い背を見送った。

それから男性は月に一、二度のペースで峠亭を訪れるようになった。

決まって午後三時半以降でストレートコーヒーを注文する。

コーヒーを味わって飲む横顔は表情豊かというわけでもない。

なのに、いかにも美味しそうで、幸福そうで、美月は男性にコーヒーを淹れるのが楽しみになっていった。

店員と客の関係、それも常連と呼ぶほどでもないので、会話を交わすことはほとんどない。

だが、男性は決まって支払いをする際、「とても美味しかった」と微笑んで褒めてくれた。

美月は「ありがとうございます」とだけ答える。

次第にそのささやかな遣《や》り取《と》りが何よりの楽しみになっていた。

あるうららかな春の金曜日、男性が午後一時頃に訪れたことがあった。

テーブル席はまだランチ目当ての客で埋まっており、いつもの窓辺の席ではなくカウンター席を案内した。

今日は食事がまだだったらしい。メニューを手に首を捻《ひね》っている。

「本日の日替わりランチはメンチカツ定食です」

「それも美味しそうですけど……オムライスにしてみます。サラダとドリンクのセットで。ドリンクはアメリカンで」

「ありがとうございます」

(どうしよう。美味しいって思ってもらえるかしら?)

高価そうなスーツや靴、時計、眼鏡。加えて知的で上品な雰囲気から、男性はホワイトカラーのエリートに見えた。

会席料理やフランス料理のフルコースが似合いそうだ。

しかし、注文されたからには腕を振るわなければならない。といっても、結局いつもの手順でオムライスを料理する。

まず母の陽子《ようこ》直伝の特製チキンライスを炒《いた》め、続いて別のフランパンで薄焼き卵を黄金色になるまで焼き、中央にチキンライスを投入。

端に寄せて形を整え、フライパンを上下させ、くるりと引っ繰り返せば半月を思わせるオムライスの完成だ。

皿に盛り付けパセリと福神漬けを添え、仕上げにケチャップをかければ完成である。

「お待たせしました！　オムライスとサラダ、ドリンクのセットです。コーヒーはストレートではないんですけど……」

「構いません。綺麗《きれい》な形のオムライスですね」

「……ありがとうございます」

聞き慣れた褒め言葉なのにいつもよりずっと嬉しかった。

男性は早速スプーンでオムライスを掬《すく》って口に入れた。

反応が気になり、厨房《ちゆうぼう》に戻る直前チラリと振り返り、こっそり男性を観察する。

（やっぱり品があるなあ）

スーツの上着に包まれた背はスツールに腰掛けてもごく自然にすっと伸びている。

幼い頃から食事の際にはいつもそうした姿勢だったのだろう。

食べ方はゆったりとしていながらリズムがある。

皿の上のオムライスも崩されておらず、綺麗に切り分けて食べているのがわかった。

（何をしていても素敵……）

とはいえ、向こうは大人の男性であり恐らくエリート。自分は下町の純喫茶のしがない料理人兼ウェイトレスだ。

住む世界が違うと理解していたし、何かが起こるとも考えてもいなかった。

とはいえ、料理と接客に追われる間に男性が食事を終え、アルバイトの担当するレジで支払いを済ませ、もう帰ったと聞いた時にはがっかりした。

「えっ、あの人もう帰っちゃったの？」

「なんだ、お前、あんなオジさんが好みだったわけ？」

男性を見送ったアルバイトは同じ通りに住む幼馴染《おさななじ》みの勇人《ゆうと》だ。

高校生の頃から大学生となった今に至るまで、時折「遊ぶ金ほしさだ」と手伝いに来てくれる。料理こそできないが、たいして高い時給でもないのに、熱心に働いてくれるのでありがたかった。

「オジさんじゃないでしょう。こういう場合は大人って言うの。まだ三十くらいだったじゃない」

「十分オジさんだろ。お前、ずっと彼氏いないから男を見る目が狂うんだよ」

「だって、恋愛する時間なんてないもの。目の保養くらい、いいじゃない」

「目の保養ぅ？　春は花より団子だろ。なあ、今日の賄いって何？　俺、無茶苦茶腹減った」

「ソーセージと野菜のピラフだけど……」

名残惜しい思いでドアに目を向ける。

結局、それが男性との峠亭での最後の触れ合いとなった。

＊＊＊

元々珈琲館峠亭は母陽子の従兄にあたる独身男性が経営していた。

その男性が母子家庭で大変だろうと、働き口がなく途方に暮れていた陽子を雇ってくれ、美月が小学校に入学するのと同じ頃にもう引退するからと店を譲ってくれたのだ。

こうした経緯から美月は物心ついた頃には峠亭に出入りし、母が働いている時に昼食や夕食を店で摂っていた。

陽子にとっては生活の糧を得るための職場であり、美月にとってはキッチンとダイニング。置かれていた雑誌を読んでもいたので遊び場も兼ねていた。

いずれにせよ親子にとってなくてはならなかったのだ。

だから、もらい火でそこが火災に見舞われたと連絡を受けた時には、深夜だったが二人暮らしのアパートから真っ青になって駆け付けた。

「そんな……」

隣の民家と峠亭が炎に包まれている。美月には火の手が赤い悪魔の手に見えた。

闇を焼かんばかりの目映《まばゆ》さに息を呑《の》む。

ウィンドウはすでに熱に溶け、どす黒い煙がもうもうと立ち上っている。

その煙を吸い込んでしまい思わず咳《せ》き込《こ》んだ。

「……っ」

喉が焼け焦げそうになっただけではなく、プラスチックが溶けたような嫌なにおいに顔を顰《しか》める。

「近付かないでください！」

消防士に怒鳴られその場に立ち尽くす。

「で、でも、こっ……ここ、母の店なんです！」

母とともに美月を育んできてくれた店だ。

「危ないから離れて！」

不吉なサイレンの音に合わせるかのように炎が揺らぐ。

消防士が数人がかりでホースで水を放っているが、炎の勢いが弱まる気配は一向にない。

それどころかより悪化しているように見える。

灰緑色の屋根に掲げられた「峠亭」の看板が焼け落ちた時には、隣で呆然《ぼうぜん》と立ち尽くしていた陽子が悲鳴を上げた。

「お店が……！」

陽子は気丈な性格だが残酷な現実に耐え切れなかったのか、口を押さえてその場にしゃがみ込んでしまった。

「お母さん！」

美月もしゃがみ込んで母を抱き締める。

（これから……どうなってしまうの？）

美月は途方に暮れて燃え上がる峠亭に目を向ける。真っ黒に焼け焦げたそれは慣れ親しんだ店には見えなかった。

火災の原因は隣家が放火され、不運にももらい火をしたとのことだった。

そんなことよりも――。

「えっ、保険金ってこれだけなんですか？」

美月は予想以上の金額の少なさに思わず声を上げた。

「はい。それ以上は無理かと……」

ダイニングテーブルの向かい席にはスーツ姿の女性が腰掛けている。

女性は峠亭を経営する母が契約していた保険会社の調査員だ。

火災保険が下りるはずだと母から聞き、峠亭を再建しなければとすぐに保険会社に連絡したのだ。

すると今日お話しなければならないことがあると、担当だと名乗るこの女性が自宅アパートを訪れた。

「井出《いで》さんのご契約は中島《なかじま》さんから引き継がれたものですね」

「は、はい……」

中島とは峠亭を譲ってくれた遠縁の男性だ。

「この保険の契約が大分古いものだったんです」

保険調査員の説明によると、火災保険の建物評価額には「新価」と「時価」、二種の決定方法があるのだという。

「新価」は同レベルの物件を新たに建築するのに必要な金額だ。

この契約であればすぐにでも峠亭の再建は少なくとも物件だけは叶《かな》っていただろう。

だが、峠亭の場合「時価」で契約されていたのだという。

「時価の場合新築するために必要な金額から経過年数による価値の減少、更に消耗分を差し引いた金額を保険金額とするのです」

峠亭は三十五年以上前に建てられており、何度も中島が修理している。経過年数は長く消耗も大きい。

となると、建築物の価値は激減しており、再建など夢のまた夢の金額しか入らないのだという。

「現在、火災保険は新価で契約されることがほとんどです」

一九九八年に法律の改正があり、保険会社としても長く契約していた客には説明の上、新価に切り替えるよう、順にお話してきたつもりだったのだとも。

美月は膝の上の拳を握り締めた。

（そんな話は聞いていない……）

あるいは、中島や母の陽子が何か聞いていたかもしれないが、聞き流していたのか契約の見直しを忘れていたのか。

いずれにせよ、本人がこの場にいない以上どうにもならない。

最悪のタイミングだったとしか言えなかった。

現在陽子は年がら年中働き続けてきた過労と、峠亭を失った精神的ショックから倒れ入院。しかも、その際の検査で深刻な病気が発見された。

幸い、治らない病気ではなく、いずれ寛解するだろうと言われていたが、当分は入院し、安静にしなければならないとの診察を受けている。

代わって娘の美月が保険調査の結果を聞いていた。

(賠償金だって取れそうにないし、これからどうすれば……)

逮捕された放火犯は愉快犯であり、隣人の大崎《おおさき》とはなんの関係もなかった。

よって、大崎も被害者でしかなく損害賠償は請求できない。

また、放火犯に至っては未成年だということで、個人情報保護の観点からまだ美月には名前すら知らされていなかった。

(こんなことが許されていいの？　ううん、今犯人を責めたところで何もならない)

保険調査員が帰宅したのち、テーブルの上に手を組み途方に暮れる。

(でも、諦めちゃ駄目。諦めればそこで終わりよ)

貯金はあるが百万円もない。

(お母さんはいくらくらい持って……。ううん、これから何にお金が掛かるかわからない

となると、親族や知人に再建資金を出資してもらうか、銀行から融資を受けるしかないもの。お母さんばかりに頼っては駄目）

のだが、親族に頼れないのだとはもう知っていた。

（だって、お祖父《じい》ちゃんとお祖母《ばあ》ちゃんに会ったこともないのに）

井出家が母子家庭なのには理由がある。

母の陽子は祖父母の反対を押し切って美月を産んだのだ。

そして、厳格だった祖父母は父親のいない子を産んだ、ふしだらな娘など必要ないと陽子を叩き出した。

親族で陽子と美月に親切だったのは中島だけだった。

なお、中島は同性愛者だとカミングアウトしており、やはりその両親から縁を切られている。一族からのはみ出し者同士だと共感してくれたのだろう。

現在はパートナーの男性と地方で農業を営みながら悠々自適に暮らしているのだと聞いている。

峠亭を譲ってくれたのだ。更に金を貸せとはとても言い出せなかった。

（お父さんが生きていてくれたら……）

陽子曰《いわ》く、美月の父親は結婚前に他界したのだという。

母さえいれば十分だと思っていたが、頼れる人がほしいと今ほど痛感したことはなかった。

（それでも、なんとかしなきゃ。お母さんのためにも、私自身のためにも）

唇を噛《か》み締《し》める。

翌日から美月は峠亭再建のために奔走した。

知人、友人、常連客に片端から声を掛けて頭を下げた。

隣家と峠亭の火災はニュースでも報道されたので、皆気に掛かってはいたのだろう。

何かと気の毒がってくれ、中にはそうした地銀に勤めているからと、相談に乗ってくれた客もいた。

峠亭ではない小洒落《こじゃれ》たチェーン店のカフェで、父が生きていればおそらくこれくらいの年だろう。かつての常連客の中年男性はタブレットの画面を見せながら丁寧に説明してくれた。

「美月ちゃん、悪い。うちにも掛け合ってみたんだけど、やっぱりちょっと厳しいみたいだ」

男性の勤め先の地銀は融資の条件が厳しく他行も同様だろうと。

「ノンバンクなら多少借りやすいかもしれないけど、金利が高くなるから美月ちゃんの将来を考えると勧めたくない。ちょっと王道じゃないけど、クラウドファンディングはどう？　峠亭には結構コアなファンがいただろう」

「実は……もうやったんです」

「えっ、じゃあ途中で止めちゃったの？」

「寄付してくれた男性に食事に誘われて、断ったらすごく怒られて……」

挙げ句自宅を特定されて付き纏《まと》われるようになった。

運良く通り掛かった勇人が追い払ってくれたのだが、二度と危ない真似《まね》はするなと注意された。

男性は「あちゃあ」と額を覆って天井を仰いだ。

「そっか。美月ちゃん、可愛《かわい》いもんなあ。わかった。俺も他に何か方法ないか考えておくよ。だから、あんまり思い詰めるんじゃないぞ」

「ありがとう、ございます……」

険しい道のりだとはわかっていたが、こうも障害だらけだとさすがに凹《へこ》む。

美月は首を横に振ってコーヒーを一口飲んだ。

（ううん、落ち込んじゃいけない）

一度もう駄目だと諦めてしまえば、心が奈落の底に落ちてしまいそうだった。

男性に礼を言いカフェの前で別れる。

腕時計に目を落とすともう午後四時だった。

五時からは居酒屋でのアルバイトがあるので最寄り駅へ急ぐ。

井出家の収入は峠亭での利益しかなかったので、失った今別のところで働かなければアパートの家賃、水道光熱費、食費もままならない。

（お母さんの医療費だってある。……私がしっかりしなくちゃ）

アルバイト先の居酒屋では料理、接客、レジ打ちだけではなく、締め作業にも慣れた美月は重宝されていた。

店長はいいアルバイトが来てくれたと、出勤するたびに美月を褒めた。

「最近の若いやつって注意しても怒られたって思うみたいでさ。すぐに辞めてうんざりしていたんだよね。だけど、美月ちゃんは何をしても手際がよくて助かるよ」

「あはは……ありがとうございます」

唐揚げを揚げている最中に話し掛けられ困惑する。

（火を使っている時には横にいないでほしい）

油が撥《は》ねることもあるし話し掛けられると注意力が散漫になる。アルバイト先でまで火災に見舞われたくはなかった。

「接客もうまいしねえ。さすがカフェを取り仕切っていただけある、うんうん」

（カフェではなくて純喫茶なんだけど……）

酒類も提供できるカフェとは異なり、純喫茶の峠亭はコーヒーと軽食に特化していた。

それも店長にとってはどうでもいいことなのだろう。

ぐっと悔しさを呑み込んで唐揚げを皿に盛りレモンを添える。

「谷口《たにぐち》くーん、唐揚げとお刺身の盛り合わせ持って行ってくれる？」

「あっ、はい、すぐに！」

別のアルバイトに声を掛けるとすぐに飛んできてくれた。

「十一番テーブルのオーダーね」

店長がなぜか不機嫌な表情になる。

「あいつ、絶対に美月ちゃんに気があるよ。注意しておかないといけないよ。最近の若いやつは節操がないからなあ」

「は、はあ……」

他の誰かを落として褒められたところで気分がよくなるはずもない。第一、美月自身も「最近の若いやつ」の一人なのだ。

「てんちょーう、お客さんが呼んでいます」

「あー、今行くから。あっ、そうだ。美月ちゃん、今日ちょっと残ってくれる？　話したいことがあるんだけど」

少しでも多く稼ぎたかったので、シフトを増やせないかと以前から相談していたのだ。てっきりその件についてだと思い込んで頷く。

「わかりました」

（とにかく、お金を貯《た》めなくちゃ）

融資を受けられるようになるまでできることといえばそれくらいしかなかった。

居酒屋の閉店は純喫茶よりずっと遅い。今日も仕事が終わる頃には0時を過ぎていた。

着替えを済ませ店の前に急ぐと、店長がひらひらと手を振っていた。

「お疲れ様でした」

「うん、お疲れ様」

「お話とはなんでしょうか？」

「うん、歩きながらにしようか」

「……？」

なぜ歩きながらなのかと首を傾《かし》げたが、断る理由もなく店長の隣に並んだ。

「あの、シフトなら土日もフルタイムで構わなくて――」

「あ～、シフトのことじゃないんだ。美月ちゃん、もしかしてお金に困ってる？」

「……」

困っていないのなら働いていない。一体、何を言い出すのかと目を瞬かせる。

「俺さ、美月ちゃんのこと結構気に入っているわけよ。よく働くし可愛いし」

「は、はあ、ありがとうございます」

「だからさ、ちょっとくらいお小遣いあげてもいいなって思って。その代わりさあ」

突然肩に手を回されぎょっとした。

「店長？」

「ほら、美月ちゃんだってもう二十歳なんだしさ、わかっているでしょ？」

店長は既婚で現在妻が妊娠中だと聞いている。しきりに愛妻家アピールをしていたので、まさか従業員に手を出すとは思っていなかった。

「わ、わかりません」

手を払いのけて後ずさる。

同時に今更自分の間抜けさ、迂闊《うかつ》さに気付いた。ホテル街に誘導されそうになっていたのだ。

「私、そんなつもりはありません！」

ずっとそんな目で見られていたのかと思うと肌が粟立った。息を呑んで一歩、二歩と後ずさり身を翻す。

「あっ、ちょっと！」

深夜のホテル街のネオンは派手なピンクや蛍光グリーンと毒々しい。その光を美しいとはまったく思えなかった。


その夜はショックで眠れず、まんじりともせずに朝を迎えた。

バイトは掛け持ちしていたからいいものの、頼んだわけでもないのに次から次へと言い寄られ、時にはストーカーされ、美月は精神的に疲れ果てていた。

若い女が一人働くことの厳しさを思い知らされる。

（私……なんにもわかっていなかったんだ）

中学生の頃から峠亭で母を手伝ってきたことで、働くことはまったく苦ではないと思い込んでいた。

だが、結局あの空間に守られていたのだとわかる。

（結局お母さんがいなければ何もできなくて……）

峠亭があった頃には当たり前だった日常が恋しかった。

(火事になる前は今頃ランチの仕込みをしていたのに)

ふらりと立ち上がり、アパートのドアを開ける。

忙しくも楽しい峠亭での日々が恋しかった。

電車を乗り継ぎ下町の駅で降りる。

峠亭までは歩いて五分。道を間違えるはずがなかった。

すでに黒焦げの瓦礫《がれき》は撤去され、地面はならされている。隣家も同様だった。

焦げ臭さはすでにない。何も知らなければ空き地でしかない。

殺風景かつ残酷な風景に涙が目の奥から込み上げてくる。

それでも泣き出さなかったのは、背後から声を掛けられたからだった。

「失礼します。この近所にお住まいの方ですか?」

「あっ、はい。なんでしょう?」

振り返るとスーツ姿の中年男性が一人佇《たたず》んでいた。

「わたくし滑川《なめかわ》総合興信所の調査員の松井《まつい》と申します」

「興信所……?」

手渡された名刺を手に目を白黒させる。

興信所と言えば浮気調査のイメージがあった。焼け落ちた峠亭に一体なんの用なのだろうかと首を傾げる。

「こちらの珈琲館峠亭を経営されていた井出陽子様にお会いしたいと思いまして。現在行方を捜索しております。どうやら引っ越されたようですね？」

興信所といえば浮気調査や身辺調査のイメージがある。なぜ陽子の行方を追っているのかと首を傾げた。

「なんのご用でしょう？」

陽子が浮気だの、不倫だのをしていたとは思えない。そんな時間があったとは思えなかった。

「お身内の方ですか？　あっ……もしかして」

男性は懐《ふところ》からスマホを取り出した。画面と美月を見比べ小さく頷く。

「井出陽子さんのお嬢さんの美月さんでしょうか？　なるほど、よく似ていらっしゃる」

いきなり名前を当てられ驚いた。

「紅林様からのご依頼で、陽子さんと美月さんを探しております。特に美月さん、あなたをです」

紅林に聞き覚えはない。戸惑う美月に男性は衝撃の一言を告げた。

「お父様の浩一郎様がぜひあなたにお会いしたいとおっしゃっております」

「えっ、お父様って誰ですか?」

父はすでに他界しているはずだ。

それに名前は功一《こういち》だったと聞いている。似てはいるが微妙に違う。

男性は狐《きつね》に摘まれた顔の美月に事情を察したのか、男性は「まさか、ご存じない?」と恐る恐る尋ねる。

「一体なんのことだか……」

「なるほど、そういうことでしたか」

男性はう〜んと唸《うな》っていたが、やがて「もう成人されていますからね」と頷いた。

「紅林様にも許可は取ってありますし……。人目のあるところで結構ですのでお話をできないでしょうか」


調査員だと名乗る男性が説明したところによると、紅林浩一郎なる人物は老舗ゼネコン紅林建設の社長なのだという。

老舗ゼネコンも社長もそれまでの美月には縁遠い世界の出来事だった。だから、ただ面食らって話を聞くしかなかった。

なんでも今から約二十年前、母の陽子は紅林建設本社で事務員をしていた。浩一郎はその陽子に好意を抱いたのだという。

そして産まれたのが美月なのだと聞かされ、どういうことなのだと混乱した。

「父は生きているということですか？」

「はい。元気でいらっしゃいます」

なら、なぜ自分たち母子と一切の交流がなかったのか。それどころかなぜ行方も知らなかったのか。

もっともな疑問は間もなく調査員によって解消された。

「実は、当時紅林様は結婚されておりまして……」

ガンと頭を殴られた錯覚を覚える。つまり、陽子は不倫をしていたということだ。

（そんな。まさかお母さんが不倫だなんて）

人の夫をかすめ取るような真似をするとは思えなかったし、信じたくもなかった。

（ううん、待って）

不吉な想像に背筋がぞくりとする。以前アルバイト先の既婚の店長に言い寄られ、逃げるように辞めた事件を思い出したのだ。

不倫であれ愛し合っていたのならまだよかったと言える。

（……社員が社長に口説かれて断れるの？）

自分の場合アルバイト先なのですぐに逃げ出せたが、正社員ともなるとそう簡単に辞められもしないだろう。

いずれにせよ受け入れがたい出生の秘密に思わず口を挟む。

「私は本当にその人の娘なんでしょうか？　紅林さんの勘違いということは……」

「いいえ、すでに美月さんとのＤＮＡ鑑定を行っておりますが、間違いなく美月さんは紅林様のご令嬢だと判明しております。鑑定書のコピーをお見せしてもよろしいですよ」

聞き慣れない「令嬢」という単語にも引いたが、それ以上にいつＤＮＡ鑑定をしたのかとぎょっとした。

火災の後処理に追われるだけで精一杯だったのに、自分の立場をどう判断すればいいのかがわからず混乱する。

調査員は言葉を続けた。

「紅林様はあなたにお会いしたいとおっしゃっております」

「えっ……どうして……」

答えに迷い口を噤《つぐ》む。

陽子に相談すべきなのだろうが、現在入院中で寝込んでいる。これ以上心配を掛けたくはなかった。

「わかりました……。お会いします」

(私だってもう大人なんだから。知らなかったから何もできませんじゃ済まされない)

膝の上の拳を握り締め調査員の目を真っ直《ま》ぐ《す》に見る。

「紅林さんに……父にそう返事をしてください」

そうした経緯から今日浩一郎と会うことになったのだが、浩一郎は美月が心に抱いていた父親像を完膚なきまでに破壊してくれた。

都内の五つ星ホテルの個室のラウンジを待ち合わせ場所に指定された時点で、愛人の娘の存在を誰にも知られたくないのだと察しはしたのだが——。

ウェイターに案内され恐る恐る中へ足を踏み入れる。

「失礼します……」

高層階の眺めをよくするためか、広々とした窓が設けられ、観葉植物が置かれており開放感がある。

中央には肌触りのいいマーブル柄のマットが敷かれ、ダークグリーンに統一された二台の革張りのソファとテーブルが配置されていた。

高級感のある内装に引け目を感じる。

五つ星ホテルと聞いていたので、それなりの服装をしてきたつもりだったが、自分が見《み》窄《すぼ》らしく思えてならなかった。

浩一郎はソファの一つに腰掛けていたが、美月の声を耳にしても背を向けたまま立ち上がろうとすらしない。

美月はその場に立ち尽くしたまま拳を握り締めた。それでも、礼節を忘れてはならないと頭を下げる。

「初めまして。井出美月と申します」

やはり、自分は望まれた子どもではなかったようだと胸の痛みを堪える。

(だって、今まで一度も会ってくれたことがなかったもの)

どちらも都内に暮らしていたのだ。その気になれば会えたにもかかわらずだ。

また、火災前の井出家の経済状況からして、恐らく母は養育費も受け取っていないと思われた。

自分に愛情があって呼び出したのだとは思えなかった。

それでも今日やって来たのはある期待があったからだ。

浩一郎がゆっくりと振り返る。

美月はあっと声を上げそうになった。

陽子からはよく「美月はお父さん似だ」と言われていた。

陽子の目は一重だが美月は二重でよりぱっちりしており、全体的に顔立ちもくっきりしている。

また、髪と瞳の色も陽子の黒髪とは違い、赤みのある柔らかなブラウンだった。

白髪交じりではあったが、浩一郎も美月と同じ色だったのだ。

顔立ちも彫りの深い端整な美貌をしており、美月と明らかな相似があった。

六十近い年齢にしては背が高く体型も引き締まっている。着心地のよさそうなダークグレーのスーツがよく似合っていた。

(子どもと会うのにスーツ?)

違和感を覚える。

「座りなさい」

命令に慣れた口調にも戸惑った。恐る恐る向かいの席に腰を下ろす。

雰囲気が親子というよりは就職の面接だった。

実際、浩一郎は値踏みするような目付きで美月を見つめている。娘に会うのを待ち焦がれていた父親のものではない。

途中、ウェイターが「失礼します」と現れるまで、浩一郎は表情を変えなかった。

ウェイターがコーヒーを淹れマカロンの皿を起き、出て行くのと同じタイミングで再び口を開く。

「予想よりも大分落ち着いた子で安心したよ。大学も出ていないと聞いたからね」

あからさまな学歴差別に全身の体温が一気に下がるのを感じる。

(今、この人はなんて言ったの?)

専門学校卒だと落ち着きがないと言いたいのだろうか。

だが、ぐっと堪えて「今は働いています」と付け足した。

「それも水商売のろくな仕事ではないだろう」

水商売とは先日までの居酒屋でのアルバイトを指すのだろう。

絶句する美月を前に浩一郎は言葉を続けた。

「私は余計な前置きが嫌いでね。幸い、顔つきからして馬鹿ではなさそうだ。だから、単刀直入に用件を言おう。君は今金に困っているだろう? 母親も入院中らしいね」

母親という表現にやはり母の陽子と愛し合っていたわけではないのだとわかってしまった。

それでも、金に困っているのには違いなかったし、抗議したいのをぐっと堪える。

（今日ここに来たのはそのためでもあるでしょう？　自分のくだらないプライドなんか構っている場合じゃない）

父親が老舗ゼネコン紅林建設の社長だと聞き、陽子と峠亭を助けてくれないかと、藁《わら》にもすがる思いでやって来たのだ。

だから、「はい」と頷き浩一郎を見据えた。

「とても困っています。母が経営していた純喫茶が火事に遭って……」

あの日を思い出すと体が小刻みに震えてしまう。思わずカップを手に取りコーヒーを一口飲んだ。

すぐにいい豆を使っているのだとわかる。ブルーマウンテンだろうか。

だが。豆の良さを引き出し切れていない。五つ星ホテルのバリスタだからといって、腕が立つとも限らないらしい。

ふと毎日入れていた峠亭のコーヒーを思い出す。

同時に、なぜか脳裏にストレートのキリマンジャロを飲むあの男性の端整な横顔が浮かんだ。

「だから、お金を貸して……ほしいんです」

陽子の完治までの医療費と峠亭を再建するための資金――よく考えなくとも大金なのだ

とわかる。目の前にいる抜け目のなさそうな男性がただで貸してくれるとは思えなかった。

「いくらでも出そう。ただし条件がある」

「条件……？」

　一体、自分に何が差し出せるのだろうと首を傾げる。

（私が今持っているものって私自身だけで——）

　そして、浩一郎はその美月自身なのだと告げた。

「君には結婚してもらう」

「してほしい」ではなく「してもらう」とのフレーズで決定事項なのだと匂わせている。

「結婚……？　私がですか？」

「ああ、そうだ。幸い、君に付き合っている男はおらず、男性経験もないようだね」

　なぜ誰とも付き合ったことがないと知っているのか。そんなことまで調査したのかとぎょっとする。

　浩一郎にプライバシーの概念はないようだ。

（……ひどい。そんなことまで知られたくなかったのに）

　浩一郎は美月の気持ちなどお構いなしに話を進めた。

「君には香織《かおり》という姉がいる。まあ、私の妻が産んだ娘なんだが、香織には婚約者がいたんだ」

（私の、お姉さん……）

妻がいるのは覚悟していたが、異母姉がいると知って目を瞬かせる。

香織は現在二十歳の美月より五歳上。二十五歳で結婚する予定だった。

ところが、挙式と披露宴の二週間前に姿を眩《くら》ましたのだという。

「ええっ、失踪？　事件じゃありませんよね。家出ですか？」

「ああ、まったくあれの我《わ》が儘《まま》にも困ったものだ。好きにさせすぎたと後悔しているよ」

（あれって……）

口ぶりからして妻の産んだ娘にもたいした愛情を抱いていないのが感じ取れた。

「現在手を尽くして探しているのだが、当分は見つからない可能性が高い」

美月には女性の晴れ舞台から逃げ出した異母姉の心境が理解できなかった。

（だって、好きな人と結婚するんでしょう？　どうしてそんな時に家出だなんて）

浩一郎は美月の戸惑いを置き去りにしたまま話を続けた。

「まったく、堂上家《どのうえけ》との縁談などまたとない好機だというのに」

「あ、あの」

恐る恐る口を挟む。

「今縁談っておっしゃいましたが……」

「ああ、あれの相手は堂上政臣という男で、堂上グループの創業者一族の一人だ」

「堂上グループ、ですか」

堂上グループなど初めて聞いたので首を傾げるしかない。

浩一郎は面倒くさそうに堂上グループについて説明した。

「旧財閥の一つだ。君も堂上銀行は知っているだろう」

堂上銀行ならなんとか知っていた。美月は使ったことはないが大手の銀行だったはずだ。

ということは、相手の男性は名家出身ということになる。

「当初はコンサルタントとして我が社に出入りしていたのだが、ぜひ戦力として正式に迎え入れたくてね。ひとまず折を見て執行役員を任せ、いずれは経営陣に組み込みたい」

「……」

コンサルタントも執行役員も馴染《なじ》みのない単語過ぎて目を白黒させる。

いずれにせよ相手の男性がエリートなのだとはなんとなく理解できた。

そして、浩一郎が言わんとすることも──。

つまり、男女が愛し合っての結婚ではない。堂上家と紅林家、堂上グループと紅林建設を結び付ける一石二鳥の政略結婚なのだろう。

（香織さんは愛してもいない男の人と結婚したくなくて逃げたんじゃ……）

　いきなり結婚しろと命令されたわけをようやく悟る。

「その、つまり、私が香織さんの代わりにその人と結婚しろということですか？」

「ああ。式はもう一週間後だから、香織を探している時間がない」

「なっ……」

「もちろん、受けるだろう？　もちろん、君は正式に紅林家に迎え入れる。店と母親への援助もいくらでもしよう」

（だから結婚って……一週間後って……）

　喉がカラカラになったがどうにか声を出す。

「ですが、お相手の方は納得されているのでしょうか？　それに、招待したお客様にも失礼なのでは……」

「何、新婦が姉から妹になるだけだからな。堂上氏も納得している」

　さすがに耳を疑った。

　新婦は結婚式の主役なのではないか。その主役が交代しても構わないなど、美月の常識ではありえなかった。

（……この人には子どもの結婚も手段でしかない）

家を栄えさせ、会社をより発展させるための。

(でも、私は何か言えるような立場なの？)

美月は膝の上の拳を再びかたく握り締めた。爪が食い込んだが構わなかった。

(私だってお金のためにここに来たのに)

「……わかりました」

美月は浩一郎を真っ直ぐに見つめた。

テーブルを挟んでいたのだが、眼差《まなざ》しの強さに驚いたのだろうか。浩一郎がわずかにだが目を見開く。

「ただ、結婚する前に一度でいいのでその人に会わせてもらえませんか」

さすがに顔も知らぬ男性と当日結婚する気にはなれなかった。

浩一郎は冷静な表情に戻り、「いいだろう」と頷いた。

「先方の都合を聞いてこちらで手配しておこう。さて、これからは弁護士との話し合いになるがいいな。すでに廊下で待機している」

「えっ」

「一時間後に本社で会議でね。遅れるわけにはいかない」

いくら妾腹《しょうふく》でも血を分けた娘との話し合いより、会社を選ぶその態度にいっそ潔さを感じる……わけがなかった。

母と暮らした二十年間を思う。

陽子は自分を大切に育ててくれた。心から愛されていたとも感じる。

それだけに、浩一郎の娘を娘とも思わぬ冷酷さにやはり失望せずにはいられなかった。

＊＊＊

幸い相手の男性は時間を取ってもいいと言ってくれ、あと五分で顔合わせの約束の時間である。

待ち合わせ場所は浩一郎と話し合ったホテルで、今日は料亭の個室を借りたとのことだった。

美月は緊張を解こうと大きく息を吐いた。だが、帯で腰を締め付けられているからか、空気を満足に吸い込むことはできなかった。

堂上家の創業者一族に会うのだからと、半ば無理矢理着せ付けられたのだ。峠亭でのラフかつ動きやすく、清潔感のある服装が恋しくなる。

（ううん、もう決めたことでしょう？　この着物は鎧《よろい》だと思わなくちゃ）

覚悟を決め格子の引き戸を開ける。

今日より三日後に結婚し、夫となるその人の名前は堂上政臣。

年は三十一歳。

トップクラスの国立大学で建築学を修め、アメリカの大学に留学したのち、堂上グループの系列の総合建設コンサルタントに入社している。

家柄も学歴も申し分ないのだろうが、それらの情報だけでは履歴書を読んでいるようで、まったくピンと来なかった。

経歴や肩書きなどよりも人となりが知りたかった。

(三十一歳……。ストレートコーヒーのあの人と同じくらいの年かな)

なぜか店で顔を合わせただけのあの男性を思い出してしまう。

(……できれば、紅林さんに似ていないといいな)

浩一郎を「お父さん」と呼ぶのには抵抗があった。

父親とは思えない態度を取る上に、美月を「君」と呼んで一度も名前を呼んだことがないからだ。

政臣は畳敷きの個室の中央にある低い椅子の一つに腰掛けていた。

美月の姿を認めてすぐに立ち上がる。

「本日はお時間を取っていただいてあり」

美月はそこで息呑んで目を見開いた。

「えっ……？」

男性も目を見開いている。

長身瘦躯《そうく》で知的な印象の男性だった。すっと伸びた背にはストイックさがある。整えられた指先は品がよかった。

チャコールグレーのスーツがよく似合っている。

臙脂《えんじ》色《いろ》とネイビーカラーのストライプのネクタイは遊び心がありながら、同時に落ち着きのある大人の男性の魅力を引き立てていた。

だが、何よりも美月の目を引いたのは、ダークグリーンのオーバル型の眼鏡の向こうにある、黒に近い濃い茶の瞳の切れ長の目だった。

「ストレートコーヒーのお客様……？」

「峠亭の……。なぜあなたがここにいるのですか？」

ドキマギしながらも席に着き、あらためて互いに頭を下げる。

政臣はすぐに落ち着きを取り戻したらしく、運ばれてきた日本茶を飲みながら首を傾げた。

「どういうことでしょう？　あなたは峠亭の井出さんですよね？　僕は本日紅林美月さんと顔合わせをするはずだったのですが」

「じ、事情がありまして……」

まさか、ストレートコーヒーの君が堂上政臣だったとは。

火災に、母の入院に、突然打ち明けられた出生の秘密に、姉の身代わりの結婚に――。

それなりに修羅場を潜《くぐ》り抜《ぬ》けてきたはずだったが、予想外の事態に気持ちをうまく切り替えられなかった。

どう説明すべきかを躊躇《ためら》う間に、政臣がほっと息を吐く。

「いいや、今はそんなことはどうでもいい。……元気みたいでよかった」

「えっ……」

美月が思わず顔を上げると、眼鏡の向こうにある切れ長の目が細められた。

「先週、またあのオムライスが食べたくて峠亭に行ったんです」

ところが、跡形もなくなっていたので驚いたのだと。

「ニュースを調べて火災に遭ったのだと知りました。従業員は無事だと聞いていたのですが、井出さんは今頃どうしているのかと心配していたところだったのです」

「……ありがとう、ございます」

自分とオムライスの味を覚えていただけではない。気に掛けてくれていたのだと知って胸から熱い何かが込み上げてくる。

「本当に、ありがとうございます……」

ぽろりと涙が一滴頬に零《こぼ》れ落《お》ちた。

いけないと思えば思うほど止まらない。

「お、お化粧が落ちちゃいますよね。ご、ごめんなさい……」

「……」

政臣は静かに首を横に振った。

「構いません。どうせここにはあなたと僕しかいませんから。大変……でしたね」

政臣の重低音の声は心地がよく、同時に嘘《うそ》のない優しさがあった。

「井出さん……いいや、美月さん、事情を聞かせてもらえませんか？」

美月はひとしきり泣いたあとで、促されるままにぽつり、ぽつりと経緯を説明した。

「多分、もう紅林さんから……父から話を聞いていると思いますが、私は父の愛人の娘なんです」

「それは承知でしたが、まさか、美月さんが……」

「あはは、私もまだ信じられないくらいです」

テーブルに目を落とす。

「でも、父の顔を見て親子なんだって思い知らされました。私たち、似ているでしょう？」

「似ているかと聞かれれば似ている気もしますが……」

政臣は声をワントーン落とした。

「僕はこの結婚を堂上家と紅林家、双方の利益になるからとある程度割り切っていました。あなたのお姉さんの香織さんも同じだったと思います。もっとも、彼女は途中で気が変わったようですが……」

レンズの向こうにある切れ長の目には「大丈夫なのか」と書いてある。

「だけどあなたは、美月さんは本当に僕との結婚を納得していますか？」

「それは……」

黒い瞳に見据えられ、美月は一瞬言葉に詰まった。

政臣は憧れていた人だが、逆に何も知らないからこそ、無責任に好意を抱けていたのだと思える。

だが、結婚となると話は違う。

（私はこの人がストレートコーヒーを好きだということ以外何も知らない）

異性と付き合ったことなどなく、キスどころか手を繋《つな》いだ経験もない。

それでも――。

美月は政臣の眼差しを正面から受け止めた。

「はい、もう決めています。だから大丈夫です」

優先すべきは峠亭の再建と母の回復なのだ。

そのためには浩一郎からの援助が必要だった。

政臣はなぜか息を呑んでいたが、束《つか》の間《ま》の沈黙ののち、「……引き返せなくても？」と問うた。

待ち受ける未来があまりに不透明で、美月は不安で、不安で堪《たま》らなかったが、それでも精一杯強がって笑ってみせた。

「もちろんです。引き返すつもりなんてありません」

第二章　パーフェクトな旦那様との結婚

いよいよ明日は挙式と披露宴だ。

美月は浩一郎が用意したホテルに滞在していた。

浩一郎は都内の高級住宅街に豪邸を所持しているが、そちらには本妻にして異母姉の母、織江《おりえ》が暮らしている。

さすがに一週間足らずとはいえ、愛人の娘と暮らさせるわけにはいかなかったのだろう。

ちなみに、織江も資産家令嬢なのだとか。

デニムジャケットに手を通しながら溜め息を吐く。

（本当に、皆違う世界の人なんだよね……。紅林さんだけじゃなくて政臣さんも）

いずれにせよ、もう決めたことなのだからと頷く。

そして、長年世話になった峠亭近隣の住人に最後の挨拶をしに回った。

新鮮な野菜を下ろしてくれた八百屋に、精肉店に、業務用スーパーに、幼馴染みの勇人宅にもだ。

勇人の母の礼子《れいこ》には幼い頃、特に陽子が多忙だった際、預かってもらったことがあったからだった。

玄関先で菓子の詰め合わせを渡すと、礼子は「あらまあ！　ありがとう！」と大げさに喜んだ。

「勇人、勇人ー！　美月ちゃんが来ているわよ！　って、そうだった。あの子今日バイトだったんだわ」

「あっ、いいんです。連絡先は知っていますし」

「でも、引っ越すとなると、なかなか会えなくなるでしょう？　どの辺に引っ越すの？　仕事はどうするの？」

昔ながらの下町特有の図々しさ……もとい積極性で根掘り葉掘り尋ねようとする。

親切にしてくれた礼子にはなるべく嘘は吐きたくはなかった。

だから、当たり障りのない範囲で事情を説明する。

「実は、その、結婚することになったんです」

「まあっ！　結婚？　おめでとう！　美月ちゃん、彼氏いたのね！　知らなかったわ！」

「あはは……」

彼氏どころか一週間前まで名前も知らなかった相手だとは打ち明けられなかった。

「ご祝儀送るわよお。新しい住所はどこになるの？」

「あっ、本当にいいんです。お気持ちだけ受け取っておきます」

結婚後には政臣の暮らすマンションに引っ越すことになっている。

さすがは堂上グループの創業者一族というべきか。広尾にあるコンシェルジュ付きの高級マンションだ。

住所はさすがに教えられなかった。礼子は人はいいのだが秘密の概念がなく、すぐに他人に言いふらしてしまうからだ。

「そう、残念ねえ。あっ、ちょっと待ってくれる？　すぐご祝儀用意するから。これくらいさせてちょうだい」

礼子は美月が止める間もなくキッチンに引っ込み、すぐに祝儀袋を手に戻ってきた。

「ちゃんと新札だから！　内祝いとかはいらないからね」

と言われても、礼儀としてしないわけにはいかないだろう。

結局後日内祝いを贈るために住所は教える羽目になりそうだった。

＊＊＊

挙式は堂上家が三代前から懇意にしているという、都内の某神社で執り行われることになった。

都内でも由緒ある神社で、江戸幕府以前から信仰されてきたのだとか。

先祖などという言葉も下町で平凡に生まれ育った美月には聞き慣れないものだった。

身代わりとなって嫁ぐ政臣の実家、堂上家は元々関西の有力者で、起源は平安時代以前にまで遡《さかのぼ》るのだという。

先祖は朝廷、足利幕府、豊臣政権、徳川幕府と仕えるあるじを変えて家名を存続させ、明治維新以降は華族として東京に移住。

その後一族の一人が事業に成功し、明治には財閥を形成するに至った。

第二次世界大戦後、財閥が解体されてからも旧財閥企業群として維持され、その影響力は電力会社や精密機械、重工業分野において現在でも影響力が強い。

政臣はその堂上本家当主の甥《おい》――弟の息子にあたるのだという。なんでも当主には子がいないので、跡継ぎとして有力視されているのだとか。

現在、系列企業でコンサルタントとして働いているのは、武者修行なのだとみなされているようだった。

なるほど、企業の規模からしても、血統からしても、浩一郎が取り込みたがるはずだった。

美月はつくづく自分はただ単に浩一郎の生物学上の娘である――それだけの理由で買われたのだと思い知った。

同時に、その血の強さを思い知ることにもなる。美月は異母姉の香織と体型がよく似ていたのだ。

挙式での白無垢《しろむく》も、披露宴のウェディングドレスも、お色直しのカラードレスも、なんと指輪のサイズまでそっくり同じで、微調整すれば問題なかった。

「お胸のサイズは変わりますが、あとは問題ございませんね」

挙式の前日、美月がサイズ調整のために式場を訪れると、担当のドレスコーディネーターはほっとした表情をしていた。

香織が選んだドレスはイタリア出身の人気デザイナーによるオーダーメイド品。替えが効かないので冷や冷やしていたのだという。今更他のドレスへの変更も無理だったのだとも。

何せ、挙式一週間前のまさかの花嫁失踪だったのだから無理もないだろう。

ドレスコーディネーターもまさかドレスではなく、花嫁が変更になるとは予想していなかっただろうが、さすがプロ。その後は淡々と調整に勤《いそ》しんだ。

なお、胸は二サイズアップしなければならなかった。

「それにしても……スタイルがよろしいですね。特にデコルテと背中のラインが本当にお綺麗です。お手入れをほとんどされていないとは本当ですか？」

せっかくのお世辞だったが、弾んだ気持ちにはならなかった。

一点の曇りもない純白の生地にマーメイドラインの、裾広がりの、夢のように美しいドレスだった。

人魚姫が身に纏えばさぞかし美しいと思えるような――。ノースリーブで胸の谷間も露《あら》わだ。

（落ち着かない……）

体の線を強調し、肌を見せるデザインは、美月の好みとはまったく違っていた。

むしろ、いたたまれない思いに駆られる。

（ううん、何を考えているの。我が儘なんて許されない）

すべては峠亭再建のためだと唇を噛み締める。

（結婚式でもこれからの堂上さんとの生活でも……絶対に不満なんて見せちゃいけない）

そうだ、仕事だと割り切れと自分に言い聞かせる。仕事ならどんな苦労も受け止められるはずだった。

「あはは、本当なんですよ。でも、ありがとうございます。スタイルを誉《ほ》めてもらったのは初めてです」

なるべく自然に見えるよう意識しながら笑みを浮かべる。

「まあ、本当ですか？　紅林様は頭も小さいですし、腰の位置も高いですし、バランスが取れているだけではなく、女性らしさもあって腕が鳴りますよ」

「そんなに　調子に乗っちゃいそうです」

長年の接客経験があったからか、演技は思いのほかうまくできた。


堂上家・紅林家の挙式と披露宴は、それから数日後の秋の日に執り行われた。

美月は社務所の着付け室で椅子に腰かけ、最後の化粧直しをされた。純白の綿帽子をそっと頭に載せられる。

「まあ、お綺麗ですね」

着付け師兼メイクアップアーティストが感嘆の声を上げた。

美月は鏡台の鏡の中の美しい女を見つめた。

まるで自分ではないように思えた。

──幼い頃、当時仲が良かった友だちと、将来どんな人と恋をしたい？　結婚したい？　とおしゃべりをしたことがある。

背が高くてかっこいい人、優しい人、趣味が同じ人、様々な意見が出たが、「どんな人でも好きになった人が一番だよね」と結論が出た。

続いて、どんな結婚式がいいかの話題になった。

私はヨーロッパのお城でシンデレラのような純白のウェディングドレスを着たい。

私はハワイの小さな教会を借り切って、新郎新婦で二人きりで挙げたい。

私は従姉のお姉さんみたいに白無垢がいいな。

最後の白無垢は誰の夢だったのか、今ではもう覚えていないが、他の友だちが「そう言えば白無垢って……」と首を傾げた。

『あれって本当はシニショウゾクなんだって。お祖母ちゃんが言っていた』

本来、白とは死者の色だからと。

確かに、棺に納められた遺体は純白の着物を身に纏っていた。

つまり、白無垢を着ることは、嫁入り前の自分は一旦死に、生まれ変わって相手方に嫁ぐことを意味する儀式なのだと。

皆えぇーっと騒ぎ出した子も「そんなの嫌だな」と眉を顰めていた。

『どうしてそれまでの自分を殺さなくちゃいけないの？』

美月も同感だった。

まさか、おおよそ十年も経《た》った今となって、その意味を実感できることになろうとは。

着付け室の引き戸が軽く二度叩《たた》かれる。

「あら、新郎様でしょうか」

美月がどうぞと声をかけると、眼鏡を外した政臣が現れた。

政臣は神前式での新郎の正装である、黒五つの紋付き羽織袴《はおりはかま》を身に纏っていた。

スタイルがいいのでタキシードが似合うかと思っていたが、こうして見ると和装でも見事なものだ。

高い背と広い肩幅はどのような衣装も映えるのだろうか。身代わりの政略結婚であるのも忘れ、惚《ほ》れ惚《ぼ》れしてしまう男ぶりだった。

一方、政臣は手を引き戸に掛けたまま目を瞬かせている。

「堂上さん？」

声をかけるとはっとし、メイクに目配せをする。

メイクはすぐに察して「失礼します」と頭を下げた。

「独身最後の一時を楽しんでくださいね」

メイクが引き戸を閉めるのと同時に、広くもない室内に二人きりとなってしまう。

政臣は美月の前に立った。

「……よく似合っています」

「あ、ありがとうございます……」

なんとなく気恥ずかしくなり膝に目を落とす。

「堂上さんも……。今日は眼鏡じゃないんですね」

素顔だと数歳ほど若く見えた。

また、端整な顔立ちが一層引き立っている。

特に、切れ長の黒い瞳が印象的で、一度視線が合わさると目が離せなくなりそうだった。

「ええ、着付けの方に勧められました。婚姻という正式な儀式の場で神と相対するのだから、レンズ越しはあまり勧められないと」

婚姻という正式な儀式、神と相対する――。

それらのフレーズに美月の胸の奥がズキリと傷んだ。

(私、お金のために結婚するんだ。こんな不純な動機で……)

もう引き返さないと決めたものの、果たして神は許してくれるのかと不安になる。

身の置き所がない思いに駆られ、顔を上げられずにいると、政臣がそっと美月の手にみずからのそれを重ねた。

その大きな手の平と長い指の感触にドキリとする。

「ど、堂上さん？」

「美月さん、両家の都合であなたをこのような目に遭わせることを、心よりお詫《わ》びします。

……申し訳ない」

「えっ、そんな。堂上さんのせいじゃありません」

「いいえ。僕が断りさえすればよかったのですから」

美月は政臣の責任感に心打たれた。

実父が娘を娘とも思わぬどころか、心のない道具扱いだったのでなおさらだった。

少しでも心と負担を軽減してほしくて言葉を続ける。

「その……私は申し上げたようにお金目当てなので、こちらこそお詫びしたいほどで」

それでも政臣は首を横に振った。

「あなたの状況なら、そうせざるを得なかったとわかります」

「堂上さん……」

「美月さん、僕はこれからあなたの夫として、必ずあなたを守ります。ですからどうか心安らかに過ごしてほしい」

一言、一言に政臣の誠実さが込められていた。

「あ、ありがとうございます……」

目の奥から熱いものが込み上げてくる。

（お金のためだなんて、なんて傲慢だったんだろう。この人だって家のために自分を押し殺したんだろうに）

政臣の真心に報いなければと思う。

（……この人を好きになろう）

これから二人で暮らしていく中で、政臣のいいところをたくさん見つけて、自分との生活が居心地のいいものになるように、精一杯努力しようと心に誓った。


挙式は一見つつがなく進行した。

両家の親族同士の紹介も、神殿での祝詞の奏上も、美月は不自然になることなく切り抜けられた。

だが、佳境とも言える三三九度の儀式で、巫女《みこ》に厳かな表情で盃《さかずき》を手渡され、神酒を注がれた時には、一瞬、後ろめたさでその水面を見つめてしまった。

だが、すぐに気持ちを切り替える。

（……神様、どうか私の決意の見届け人になってください）

笙《しょう》や篳篥《ひちりき》、竜笛《りゅうてき》の奏でる幻想的なメロディを聞きながら、この奥におわす神に密かに心の中で誓いの言葉を述べる、

（私はこの人の妻になります）

古い木の香りのする神殿は幾世代にも渡った歴史を感じさせ、御簾《みす》の奥にあるご神体代わりの鏡は本心や真実を映し出すようで恐ろしい。

それでも、美月はもう迷わぬとの決意の表明として、水面の揺らめく神酒を飲んだのだった。


その後の披露宴は会場を移し、都内の歴史ある五つ星ホテルで執り行われた。

ほのかに色づく紅葉の庭園を一望できる、もっとも広いバンケットルームである。

堂上家・紅林家は両家ともこうした場に慣れているらしく、贅《ぜい》を凝らした料理や高価な酒に恐縮しているのは美月だけだった。

なのに、いずれの親族、関係者ともに、身代わりの花嫁であるにもかかわらず、美月を好奇の目で見る様子はまったくなかった。

それどころか、皆口々に美月を褒めている。

「今日初めて美月さんとお会いしましたが、まことにお綺麗な、なのに謙虚なお嬢さんで驚きました」

「ああ、まったくだ。政臣君は幸せ者ですよ」

会話は当然美月の耳にも届いたのだが、全員の冷静さがかえって不気味に見えた。

どのような事態になろうと、自分の不利益にならない限りは、何事もなかったかのように振る舞う——これが上流階級なのかとぞっとした。

こうして一見和やかな雰囲気の中で披露宴もお開きになり、ホテルに宿泊する招待客を見送ったあと、政臣と美月は婚姻届を出しに行く準備をした。

すでにすべての欄に記入済み、必要書類も揃《そろ》っているので、後は区役所に提出するだけだ。

政臣が後日出社する際、ついでに提出すると言ってくれたので、なんの疑いもなく任せたのだが——。

＊＊＊

旅行会社を経営する親族の勧めもあり、政臣と美月は新婚旅行を計画していた。

と言っても、政臣の仕事が多忙なので、海外旅行は躊躇《ためら》われる。

そこで、二泊三日の北海道・札幌《さっぽろ》への国内旅行となった。

美月は航空機のゆったりとした特別席でも、新千歳空港へ到着しても、ワクワクが抑えられずに辺りを見回しっぱなしだった。

何せ生まれて二十一年、暇があれば峠亭を手伝っていたので、旅行の経験がほとんどない。挙式や披露宴と違いセレブの目もないので緊張もしない。

「美月さん、北海道は初めてですか？」

美月は子どものような満面の笑みで頷いた。

「北海道どころか飛行機に乗るのもです」

一方、政臣はアメリカへの留学経験があるだけではない。ヨーロッパの主要国は一通り渡航経験があり、仕事でロシア、中国にも出向いたことがあるのだとか。

旅慣れしているのでファーストクラスの機内でも特にはしゃぎもせず、大人の余裕で美月を見守りながらドリンクを飲んでいた。

空港では「何年ぶりだろうな。前はスキーに来たんだったか」と呟《つぶや》いていた。

ターミナルビルにまで来たところで、数歩遅れて歩く美月を振り返り立ち止まる。

「美月さん、大丈夫ですか？」

今日は休日だからか新千歳空港はどこもかしこも混んでいる。

空港に慣れない美月は時折通行人にぶつかりそうになった。混雑中の峠亭店内や業務用スーパーマーケット内ではすいすい歩けていたのに。

「ああ、危ない」

言うが早いか、政臣はなんの躊躇いもなく美月の手を取った。

「えっ⁉」

これには美月も目を丸くして政臣を見上げる。

「ま、政臣さん……」

政臣は目を細めて美月を見下ろした。

「行きましょう。この分だと時計台も相当混んでいるでしょうね」

「で、でも、人が多い方が楽しいですし……」

「確かに。実は僕も時計台は初めてなんです」

「えっ、そうなんですか？」

「だから、楽しみなんですよ」

まるで新婚のカップルのようだと照れ臭くなり、実際そうだったと思い出す。

（きっと皆からはバカップルに見えるんだろうなあ……）

美月は通行人に申し訳なく思うよりも、政臣と手を繋いでいることの方が気になった。政臣の手に触れるのは二度目だが、いまだに慣れずに焦ってしまう。

やがて人混みが消え、ぶつかる危険がなくなっても、政臣は予約していたタクシーに乗り込むまで、美月の手を放そうとはしなかった。

——札幌《さっぽろし》市時計台も、羊ヶ丘《ひつじがおか》展望台も、テレビ塔も、北海道大学も、すべてが珍しく楽しい。

美月は物心ついて初めての観光をフルで楽しんでいた。

「美月さん、どうぞ」

人気のアイスクリームショップで買ったソフトクリームを手渡され、噴水の向こうにテレビ塔の見える、大通り公園のベンチに並んで座る。

今日は小春日和なのか、札幌も気温が高く、空が青く雲が白い。公園内もカップルや親子連れ、友人同士が多く行き来していた。

美月はソフトクリームを一口舐《な》めつつ、隣の政臣の様子を窺《うかが》った。

（結婚式の羽織もよかったけど、政臣さんって普段着でも格好いいんだなあ）

今日の政臣はスーツ姿ではなく、ジーンズにTシャツ、レザージャケットのカジュアル

な装いだ。髪もラフに流しておりいつもと印象が違う。

だが、その端整な横顔は変わらなかった。

通りすがりの女子高生らしき三人連れが、十代らしい遠慮のなさで政臣を目にしきゃあきゃあと騒ぐ。

「ねえねえ、あの噴水のところにいる人、かっこいいね。芸能人？」

「えー、見たことないよ。それに、彼女連れじゃない」

「ほんとだー。残念！　彼女さんも可愛いねー」

美月は気恥ずかしくなってソフトクリームのコーンを握った。

そうする間にソフトクリームが陽の光に溶かされ、スカートの膝部分にぽたぽたと落ちる。

「美月さん、大丈夫ですか？」

政臣に肩を叩かれようやく我に返る。

「えっ……あっ！」

「すぐに拭けばシミにはなりませんよ」

政臣はハンドタオルで美月の膝を拭いてくれた。

「すっ……すいません」

政臣は美月があまりにドジになっているので、体調を崩しているのかと疑ったらしい。

「具合が悪いのなら、もうホテルへ行きましょうか？　夕食はルームサービスを頼めばいいですし」

「いいえ、大丈夫です！」

美月は首を大きく繰り返し振ると、バッグからハンカチを取り出した。

政臣が時折こうして優しいからいけないのだと、心の中で八つ当たりをしてしまう。

（もう、私ったら馬鹿みたい）

政臣が複雑な立場の自分を気遣ってくれるからだとわかっているが——。

「なら、いいのですが……」

政臣はまだ美月の様子が気になっているようだ。やがて、何を思いついたのか、「そうだ」と美月の目を覗き込む。

「まだ疲れていないなら連れて行きたいところがあります。美月さんもきっと気に入るのではないかと」

まったく予想ができずに美月は首を傾げた。

「連れて行きたいところ……？」

その店は札幌の中心街からやや外れた、マンションが多く車の少ない通りに佇んでいた。

デザイナーズマンションの一階にあり、自然と調和したイメージを意識しているのか、ドアやインテリアはすべて目に優しい木材となっている。

大小の大理石の土台のショーケースや、クリーム色の壁に据え付けられた棚には、いくつもの天然石やルースストーン、ジュエリー、チェーンが並んでいた。

宝石店というよりはパワーストーンショップといった方がいいだろうか。

アースカラーのTシャツを来た女性販売員が、「いらっしゃいませ」と笑顔で頭を下げた。

美月はたちまち元気になり片端から商品をチェックしていった。

今まで余裕がなかったので数点しか手持ちはないが、こうした可愛いアクセサリーは大好きだ。

政臣に贈られた大粒のダイヤモンドの婚約指輪も、高価なプラチナの結婚指輪も嫌いではないのだが、こうした手ごろな値段のものの方が身近に感じる。

「わあ、どれも素敵」

商品の横には価格と産出地の書かれたポップが置かれている。

山梨の水晶類や糸魚川の翡翠《ひすい》を勾玉《まがたま》に加工したもの、伊勢《いせ》のアコヤ真珠や高知の血赤サンゴのビーズなど、国産にこだわって仕入れているのが見て取れた。

「あっ、このアメジストの結晶綺麗」

夢中になってショーケースに張り付く美月を、隣の政臣は笑いながら見下ろした。

「オーナーの趣味だそうです。日本産の宝石はどこか控えめで品があるのがいいと……」

「それ、わかります」

二人の話し声が耳に届いたのか、店の奥から作務衣《さむえ》姿の髭《ひげ》の男性が現れる。

年齢は四十代半ばほどだろうか。どうやらこの店のオーナーらしかった。

「おや、若旦那じゃないか。久しぶりだねえ」

「磐田《いわた》さん、若旦那はやめてください」

「まあまあいいじゃないか」

どうやら政臣とはすでに知り合いらしい。オーナーは「おっ」と声を上げて美月に目を向けた。

「この子が若旦那の嫁さんかい？」

「はい、そうです。美月さんです」

政臣に促され、美月は「初めまして」と頭を下げた。

「い……堂上美月と申します。よろしくお願いします」

「いいねえ、初々しいねえ。俺の嫁さんも昔はこうだったんだがなあ」

オーナーが説明したところによると、父親が同級生同士なのだそうだ。

長男で本来跡継ぎだったのだが、弟に譲って自分は好きに生き、現在この店を経営している と。

「そうだ。せっかくこっちに来てもらったんだから、今日入荷したばかりの石を見てもらおうか。おーい、アイちゃん」

「はいは〜い」

先ほどの女性販売員が大きな浅い木箱を持ってやって来た。オーナーの前のショーケースに置きにこやかに告げる。

「北海道産のインカローズですよ」

インカローズはバラ色の透明、または半透明の半貴石で、正式名称はロードクロサイトと言う。

アルゼンチンやペルー、メキシコが主要産地で、その地域の歴史からインカローズとの別名がついた。国内でもいくつかの地域で産出していたが、北海道産はすでに鉱山が閉山されているので希少だ
非常に美しい色ではあるものの、硬度が低く、酸化して黒ずむ恐れがあるために、一般

の宝石店では取り扱っていない。

「わあ、綺麗……」

透明度の高いビーズを繋いだネックレスにブレスレット、カボッションカットの大粒のルースやハート型に磨かれたペンダントトップ、ゴールド台のリングに一粒ピアスとどれも名前通りのバラ色だ。

「可愛い……。このバラ色、他の宝石にはあまりないですよね」

何か一つ土産に買おうと思ったが、どれも素敵で目移りしてしまう。しばらく迷ったあとで普段身に付けられる一粒ピアスを選んだ。

「これ、おいくらですか」

「えーっと、二万円だったかな。買うならもちろん割引するよ」

すると、政臣が懐から財布を取り出しカードを出した。

「じゃあ、これをお願いします」

「ま、政臣さん……」

美月は政臣の腕を摑《つか》んで支払おうとするのを止める。

「いいです。自分で買いますから」

政臣は目を細めて美月を見下ろした。

「いいえ、僕が。美月さん、結婚式の一日前、誕生日だったでしょう?」

「……」

驚きのあまり息が止まった。結婚が決まって以来、ずっと精神的な余裕がなく、自分ですら過ぎるまで忘れていたのだ。

「覚えていて、くれたんですか?」

「もちろんです。婚姻届にも記入されていましたし。何日か遅れてしまいましたが、二十一歳の誕生日、おめでとうございます」

すると、オーナーが「奥さん、誕生日じゃなくてももらっておきなさいよ」と、笑いながら作務衣の袖に手を入れた
「男はねえ、惚《ほ》れた女にはなんでもしてあげたいものだよ。おとなしく買ってもらうのがいい奥さんってもんだよ」

美月が戸惑う間に二人はカードをやり取りし、結局プレゼントされる羽目になってしまった。

「プレゼント用に包んでいきますか?」

販売員の女性の言葉を受けて政臣が尋ねる。

「美月さん、どうしましょう。包んでもらいますか?」

「あっ……いいです。ケースだけもらえれば……」

北海道にはピアスは持ってきていないので、このままつけて行くつもりだった。

「じゃあ、ポスト部分消毒しますので、お待ちくださいね」

販売員は軽く消毒液をかけて拭き取ると、トレーにピアスを乗せ美月に差し出す。

「鏡お持ちしますね～」

美月は鏡を覗き込みながらピアスをつけた。バラ色の輝きが両耳に収まると、遠慮一色だった気持ちが喜びに変わる。

(政臣さんからのプレゼント……)

二十一年生きてきた中でこの二万円のピアスがもっとも嬉しかった。やはり、ジュエリーとは特別なものなのだと感じる。

政臣は美月の耳を見て頷いた。

「美月さんにはバラ色が似合います」

リップサービスだと理解しているはずなのに、用心しなければまた勘違いしそうで怖い。

美月は自分を戒めようとしたものの、やはり、どうしても口元が緩むのを抑えきれなかった。

店を出る頃には辺りはすでに薄暗くなっており、市内のレストランで食事をしたあとで、そろそろ宿泊先へ向かおうということになった。

宿泊先は札幌市を一望できる夜景の見える人気ホテルで、部屋は高層階のスイートルームを予約してあるのだとか。

政臣がフロントでチェックインの手続きをするのを、美月はロビーのソファに腰掛け、今日撮影した写真を眺めながら待っていた。

色々と疲れたが楽しい日だったと思う。これほど目まぐるしく心が揺れ動いたのは初めてだった。

写真の最後の一枚は政臣とのツーショットだった。

ホテルの玄関で政臣に撮影してもらおうとしたところ、通りすがりの地元民が二人でどうぞと撮ってくれたのだ。

新婚旅行なのだと話すと、「じゃあ、旦那さん、肩を抱いて！」と勧めてくれた。

写真の中の政臣と自分は夫婦そのもので、見るだけでドキドキしてしまう。

照れ臭くなってスマホを仕舞《しま》おうとしたところで、機体が手の中で揺れ動いたので驚いた。バイブレーションにしていたのを思い出した。

画面には「勇人」と表示されている。

一体どうしたのだろうか。

美月はボタンをスライドさせ通話を開始した。

「はい、もしもし、勇人？」

『おい、美月、今どこにいるんだ⁉　結婚したってどういうことだよ』

勇人は今日になって美月が結婚するとの話を母の礼子から聞かされたらしかった。

『お前に男がいたなんて知らなかったぞ。そんな時間がどこにあったんだ』

勇人の疑問はもっともだと思いながら、なぜ責めるような口調なのかと首を傾げた。それでも「ごめんね」と謝る。

「でも、勇人だって彼女いたでしょう？」

勇人は一瞬言葉に詰まったものの、「……とっくに別れていたよ」と唸った。

『俺のことは関係ないだろ。彼氏ならまだわかるよ。でも、いきなり結婚なんて……』

勇人はかなり落ち込んでいるように聞こえた。

『相手は誰なんだよ』

「それは……」

話していいものか悩み、「ごめんね」と謝る。

結婚までの過程が過程だったからだろうか。やはり打ち明けるのは躊躇《ためら》われた。

「まだ何も言えないの。いつか話せる時が来たら話すから」

『なんだよそれ……。俺にも言えない相手ってなんなんだよ……。まさか、反社とかヤバイ奴《やつ》じゃないだろうな？』

「ううん、ちゃんとした人だから安心して。心配かけてごめんね」

勇人は電話の向こうでまだぼやいていたが、美月は一見穏やかに見えて、いざとなれば意志を貫き通す頑固者であると知っているからだろう。それ以上抗議しようとはしなかった。

『なあ、お前さ、本当にそいつのこと好きなんだよな？』

言葉に詰まる。

(好き？　堂上さんを？)

だが、ここで「まだわからない」などとは言えない。「……うん、好きだよ」と答えた。

勇人はぐっと押し黙っていたが、やがて電話の向こうで溜め息を吐き、「……わかった」と唸った。

『何かあったら連絡しろよ』

「うん、ありがとう」

「じゃあね」と告げて電話を切る。

誤魔化《ごまか》すのも一苦労だと思いつつ、スマートフォンを仕舞って顔を上げる。すると、政臣がすぐ近くに立っていたので驚いた。

「ちぇ、チェックイン、終わったんですか？」

物音も気配もなかったので、まったく気付かなかったのだ。

「はい、先ほど。カードキーを二枚もらいました」

ケース入りのカードキーの一枚を手渡され、美月は「ありがとうございます」と礼を言った。

ところが、政臣は何も答えずに、立ったまま美月を見下ろすばかりだ。

その眼差しには得体の知れぬ感情が宿っていたが、美月にはそれが喜怒哀楽どれに属するのかがわからなかった。

「政臣さん？」

「先ほどの電話は友だちからですか？」

ドキリとする。

「は、はい。友だちというよりは幼馴染でしょうか」

勇人が男性だとは言及しなかった。必要性も感じなかったからだ。

「幼馴染ですか。どうりで話しやすそうでした」

政臣は一言そう呟くと「行きましょう」と美月の手を取った。

「あっ、政臣さん」

エレベーターに向かって歩き出す。

ずっと優しく紳士的だった政臣が、いつになく強引だったので、美月はどうしたのだろうと首を傾げた。

それでも、歩く速さは合わせてくれるところが政臣らしいのだが。

（うっかり長く話して待たせてしまったのかしら？）

なら、謝らなければならない。

「すいません。小さな頃からの付き合いで、住んでいたところも近かった子なんです。それで、つい盛り上がってしまって……」

声を掛けても政臣は美月を見ようとしない。それでもちゃんと返事はしてくれた。

「長年の付き合いの幼馴染ですか。……羨ましいですね。僕にも付き合いの長い友人はいますが、子どものころからとなると数えるほどもいません」

「私も勇人一人くらいです」

美月は政臣とともにちょうど開いたエレベーターに乗り込んだ。

「なるほど、勇人さんという方なのですか」

「はい」

その間にもエレベーターはぐんぐん上昇。

『二十三階、二十三階でございます』

自動音声から数秒後に扉が開いた。

「あっ、出ないと……」

不意に政臣が慌てる美月を振り返る。

「堂上さん？」

どうしたのだろうと首を傾げていると、政臣が「政臣です」と告げた。

「えっ……」

「新婚の夫婦がずっと堂上さんと呼ぶのでは怪しまれるでしょう？」

なるほど、政臣の言う通りだった。

しかし、ずっと堂上さんと呼んでいたので、名を呼ぶのがなんとなく気恥ずかしい。

それでも、これから夫婦になるのだからと口を開いた。

「じゃ、じゃあ……政臣さん」

政臣はしばし美月をまじまじと見下ろしていたが、やがて視線を逸《そ》らして繋いだままの美月の手を軽く引いた。

「これからそちらでよろしくお願いします」

「は、はい……」

絡み合った指の体温が数度上昇した気がした。


ホテルのスイートルームは予想以上の広さだった。

リビングルーム、ダイニングルーム、ベッドルームに分かれており、はっきり言って峠亭よりよほど開放感がある。

壁と天井の濁りのない白とダークブラウンのサイドテーブルや椅子、赤紫のバラを描いた額縁入りのリトグラフの組み合わせが、現代絵画のようなモダンさと上品さを醸し出していた。

部屋全体にも格調高さがある。

そして、ベッドはキングサイズのダブルベッドだった。

枕も二人分しっかり用意されている。

美月はそこでようやく思い出した。

火事に見舞われ、峠亭を失い、バイトに勤しみ、実父が判明し、更に結婚することになりと、怒涛《どとう》の日々に流され、溺れないようにするだけで精一杯だったが、結婚したカップルには夫婦生活があるということを。

つまり、裸になってベッドで体を重ねなければならない。

美月には以前浩一郎に指摘された通り男性経験がない。

異性に言い寄られなかったわけではない。

むしろ口説かれたことは多かったが、そうした気になれなかったし、また、峠亭の手伝いで忙しく恋愛どころではなかった。

（ど、どうしよう……）

今日は下着の色や柄を合わせていないだの、先ほど夕食を食べたばかりなので、お腹《なか》がぽっこりしているだのの問題ではなかった。

（でも、私はもう政臣さんと結婚したのだから）

一方、政臣は上着を脱ぐと、先に風呂に入浴するといいと告げた。

「今日は暑かったですから、汗を掻《か》いたでしょう？」

「いいえ、だったら政臣さんが先に……」

「ここはレディファーストですよ」

優しく促されると逆らいがたい。

美月は恐縮しつつバスルームへ向かった。

「わあ……」

政臣があらかじめ連絡しておいたのだろうか。すでにバスタブには程よい熱さのお湯が張られていた。

湯気で少々曇っているが、床も壁も大理石造りだ。

絶対王政華やかなりし頃の、ベルサイユ宮殿の浴室にタイムトリップした気がした。

軽く体を洗いそろそろと湯につかる。芯から温まる気持ちよさに溜息《ためいき》が漏れ出た。

(今日、楽しかったな)

政臣がずっと気遣い、ごく自然にエスコートしてくれたからだろう。

慣れない飛行機も、観光地も、レストランも、ラグジュアリー感あるホテルも臆せずに出入りできた。

(大人の男の人なんだな)

一方、自分は妻として何か提供できただろうかと振り返る。

「……」

バスタブにずぶずぶと身を沈める。

何もできていないし、していない気がした。

「私って役立たず……」

政臣のためにできることとはなんだろう。美味しいコーヒーを淹れることと洋食料理には自信があるのだが――。

（やっぱり……これしかないよね）

美月は覚悟を決め湯から上がった。

髪も体も隅々まで洗い清める。最後に頭からお湯を被った。

バスローブを羽織ってリビングに向かう。

「政臣さん、上がりました。次どうぞ」

「ああ、ありがとう」

政臣が入浴する間に髪を乾かし、万全の態勢を整えた。

うまくできますようにと祈りつつ、ベッドルームで政臣が訪れるのを待つ。

男性でビジネスマンだからか、政臣の入浴は美月の掛けた時間の半分しかなかった。

とはいえ、髪も体もしっかり洗われている。ほのかに自分と同じバスジェルとシャンプーの香りがした。

（政臣さん……思っていたよりも肩幅が広い……）

ジムにでも通っていたのか胸板も厚い。

まだわずかに湿った濡《ぬ》れた前髪が額に零れ落ち、眼鏡のない黒い瞳に影を落としていた。

大人の男性にしかない影だった。

政臣はベッドに腰を下ろすと、「今日は疲れたでしょう」と、ガチガチに緊張している美月に声を掛けた。

「明日もありますから、寝ましょうか」

「えっ……」

そんな馬鹿なと目を剝《む》く。

今夜はいわゆる初夜ではないのか。

てっきり抱かれるものだと覚悟し、胃が痛くなるほど緊張して待っていたのだ。

政臣がループランプのスイッチに手を伸ばす。

「あ、あの……」

妻側から言い出していいものかと迷ったが、羞恥心を捨て去って勢いで聞いた。

「せ、セックスは……しなくてもいいんですか？」

――直球だった。

だって、他になんと聞けばいいのだろう。

政臣は切れ長の目を見開いている。耳を疑っているのだろう。

顔から火が出そうだったが、ここまで来たらあとは勢いだった。

「私たちはもう結婚したんでしょう？　夫婦でしょう？　夫婦だったら……セックスしなくちゃいけないんじゃ……」

そこまで捲《まく》し立《た》てて顔を伏せる。

もっと他に言い方はあるだろうに、これでは男に迫る痴女ではないか。

ベッドルームに沈黙が落ちる。

美月には自分の呼吸と心臓の音しか聞こえなかった。

それからどれだけの時が過ぎたのだろうか。

恐らく、一分も経たなかっただろうが、一時間にも二時間にも思えた。

「美月さん」

肩に政臣の手が乗せられる。

「……やはり震えていますね」

「えっ」

指摘されるまで気付かなかった。

やはり、初夜を迎えるのに恐れがあったらしい。

「無理をしないでください」と政臣は言った。

「僕に義務感を持ってほしくないのです」

「で、でも、こんなによくしてもらって」

「僕がやりたくてやっているだけのことです。引き換えに体を提供しようなどと考えなくてもいい」

「……」

美月は唇を噛み締めた。

ありがたい申し出のはずだったが釈然としない。

なぜだろうと首を捻ってある一つの結論に辿《たど》り着《つ》いた。

「……政臣さん、それでは夫婦とは言えません」

ただ思いやりを受け取るだけでは対等な関係とは言えない。

確かに、父の援助と引き換えの政略結婚だったが、それでも結婚し、夫婦となったのだ。夫婦とは一方的に施す関係ではない。何かを与え合い、支え合わなければならないはずだった。

「あなたの優しさは嬉しい……。すごく嬉しい。ですが、それは哀れみではないですか。……私にもプライドがあります。ちっぽけですが、蔑《ないがし》ろにされたくはない」

美月は政臣の目を真っ直ぐに見つめた。

「汚い理由でも勇気を出して自分で選んだ道なんです。私をちゃんとあなたの妻にしてください」

「美月さん……」

政臣は目を瞬かせていたが、やがて「……僕も男です」と唸った。

「あなたのように魅力的な女性にそのようなことを言われ、何もせずにいられるほどの理性はない」

「構いません」

美月は両手を伸ばしてまだ火照りの残る政臣の頬を包み込んだ。

「抱いてください」

不意に背に手を回され、逞《たくま》しい胸に抱き寄せられた。

「……まだ熱いですね。もう上がったのはだいぶ前でしょうに」

「政臣さんこそ」

もっと熱いと続けようとして唇も言葉も呼吸も奪われた。

「んっ……」

柔らかな濡れた感触とともに歯がカチンと当たる音がする。

「ん……」

初めてのキスは夕食で飲んだ赤ワインの味がして、その香《かぐわ》しさに頭がクラクラした。

（キスが……こんなにドキドキして嫌らしいものだったなんて）

そう感じたのも一瞬だった。

唇を強引に割り開かれ、反射的に身じろぎしてしまう。

アルコールと湯で熱せられた舌が口内に侵入して来たかと思うと、歯茎をなぞり、更に開いた隙間に押し入り、中を執拗《しつよう》にかき回してきた。

「んん……ぅ。んんっ……！」

喉近くまで浸食され息もできない。

苦しさと熱で頭が酔ったように揺れる。

時折ちゅっと音を立てて吸い上げられると、背筋から得体の知れない感覚が這《は》い上がってきた。

「ん……ぅ」

怯《おび》えて政臣の胸を押し返そうとしたのだが、舌を絡め取られた途端その気力も失《う》せてしまう。

酸素を肺に取り込めないからだけではない。

口の中で唾液が混じり合う響きを感じるごとに、心臓が興奮に熱せられた血を全身に送り出し、身も心も蕩《とろ》けそうになってしまう。

（あ、つい。唇も、体も……）

口付けるごとに筋の通った鼻が触れ、濃い睫毛《まつげ》に縁どられた黒い瞳に、これ以上ないほど近い距離から見つめられる。

その甘い眼差しに当てられ鼻にかかった喘《あえ》ぎ声が漏れ出てしまう。

「んっ……ぁっ……ん……ふ……」

生まれて初めて与えられた官能は、あまりにも激しく熱く、美月はその大きな波に翻弄されるしかなかった。

混じり合った唾液に濡れる薄い唇が離れる。

美月はぐったりとして政臣に体を預けた。

間髪を入れずに耳元にこう囁《ささや》かれる。情熱的な口調で言葉遣いまで変わっていた。

「可愛く初心《うぶ》な顔をしておいて……随分とよく反応してくれる」

「……っ」

まだキスしかしていないのに、嫌らしい女だと言われた気がして、美月はひどく恥ずかしくなった。

「なぜ顔を背ける？　……僕を見るんだ」

頰を包み込まれ強引に上向かされる。

欲望を睫毛の触れ合う距離から視線で注ぎ込まれ、射貫かれたように身動きもできずに受け止めることしかできなかった。

「美月、可愛い……」

呼び捨てで呼ばれるとより距離が縮まった気がした。

政臣はバラ色に染まった美月の頬に、目元に、顎に、最後に唇に口づけの雨を降らした。

「君を僕だけのものにしたい」

激しく求められ心が震えてくらくらする。

口を開いたものの何を言えばいいのかわからない。

しかし、政臣は答えなど求めていなかったのだろう。

みずからのガウンを脱ぎ捨て、美月の腰と背に手を回すと、ゆっくりとベッドの中央に押し倒した。

「ま、政臣さん……」

まだ濡れた髪から水滴が落ち、美月の胸の谷間に跡を残した。

盛り上がった二つの肉の山は仰向《あおむ》けになっても崩れることはなく、張りを保ったままふるふると揺れているのがバスローブ越しでもわかる。

その光景が男の情欲をどれだけ煽《あお》るのかを美月は知らなかった。

「あっ……」

ベルトをするりと抜き取られると、バスローブの合わせ目がはだけ、形のいい豊かな乳房がまろび出る。

「……っ」

まだ誰にも見せたことのなかった汚れない若々しい体が今、ルームランプのオレンジ色の光に照らし出され、政臣の視線に晒《さら》されていた。

「……綺麗だ」

政臣の声も興奮に上ずっていた。

自分の体に欲情してくれている——そんな喜びよりも前に激しい羞恥心を覚えて、つい胸を覆い隠そうとしてしまう。

だが、その手はすぐに政臣に払いのけられ、手首を押さえられてベッドに縫い留められてしまった。

「ま、政臣さん……」

「綺麗だと言っているのに、何も恥ずかしいことはないだろう?」

美月は意地悪だと唇を嚙み締めて目を逸らした。

もう少し優しくしてほしかったが、そもそも今夜が初めてなので、世間一般の基準で政臣が意地悪なのかどうかもわからないのだ。

結局、全面的に身を委ねることしかできなかった。

「ごめん、なさい。でも、やっぱり恥ずかしくて……」

羞恥心が媚薬《びやく》となり、血流となって胸の先の尖《とが》りをぴんと立て、頬と同じバラ色に染める。

「お、願いです。恥ずかしいと思わなくなるくらい、無茶苦茶にして……」

次の瞬間、胸の谷間に顔を埋められた。

「ひゃっ……」

まだ湿っている前髪でくすぐられて肌が粟立《あわだ》つ。

唇で丸みを帯びた輪郭をなぞられると、腹の奥がじわりと疼《うず》いて熱くなった。

「そんな……ことっ」

「そんなこととはどんなことだ?」

「そ……れはっ……」

それでも、次に与えられた刺激には敵《かな》わなかった。

「えっ……」

ピンと立った胸の先端がぬるりと熱い何かに包み込まれる。赤ん坊のようにちゅっと吸われると、背筋に電流が走ったのかと錯覚した。

想像だにしていなかった行為に身震いする。

同時に、再び腹の奥が熱を持ち、内壁をとろとろと溶かすのを感じた。

じわりと足の間から蜜が滲《にじ》み出る。

政臣はただ吸うだけではなく、舌と歯を使ってすっかり敏感になった乳首を弄んだ。

蛞蝓《なめくじ》にも似た何かが絡み付いたかと思うと、時折カリっと齧《かじ》られ身悶《みもだ》えてしまう。

「あっ……やっ……そんな……あんっ」

鼻にかかった甘い吐息が政臣の前髪を揺らす。

「美月……君は、随分感じやすい体みたいだ。そんな声を出されると……」

――もっと苛《いじ》めてみたくなる。

政臣は言葉の代わりに一層激しく美月の胸を責めた。

やがて政臣の唇は胸から腹、腹から腿《もも》へと移動した。

下半身は上半身より敏感なのか、政臣の唇の熱を感じ、前髪の滴が肌に落ちるごとにピクリと反応してしまう。

だが、敏感になった自分の肉体への羞恥心も、続いて足を押し広げられた時の衝撃には敵わなかった。

「あっ……」

思わず大きく目を見開く。

政臣の爪が柔らかな腿に食い込んでいたが、その痛みを感じる余裕もなくなっていた。なぜなら、欲情に燃える切れ長の双眸が、美月自身ですら目にしたことのなかった、無防備な処女地を捉えていたからだ。

黒い瞳に映されたそれは、割れたばかりの熟した柘榴のようにも、ひくりひくりと蠢く原始的な生命体のようにも見えた。

「あっ……いけません。そんなっ……」

視界がたちまち涙でぼやける。

「そんなに……見ないで……」

「どうして？」

政臣の口調はどこか楽しそうだった。

理由を説明しなければならないのだろうか。

生来生真面目な美月は「だって……」と蚊の鳴くような声で答えた。

「汚く……ないですか？　だって……そこは……あっ！」

「……美月はどこも綺麗だよ」

政臣の声が美月の耳を擽る。

「それを今から僕が汚すんだから、罪深い話だ」

言葉とともに長い指がするりと美月のまだ踏み荒らされていない花園に滑り込む。先ほどまでの前戯ですでにある程度潤っていたので、ぬちゅっと粘ついた音がした。

「あ……あっ」

パソコンや筆記ですっかりかたくなった男性らしい指先を花芽に感じる。

(汚い……のに)

恥ずかしいはずなのに、もっと触れてほしいとも望んでしまう。

政臣は美月の心の声を汲み取ったのか、くるくる円を描くように周辺を擦る。

知らず喉から熱い息が漏れ出た。

「んっ……ふ……あっ」

脳髄と脊髄が政臣の愛撫で溶かされていく。全身から力が抜け落ち、腹の奥からは蜜が滾々と漏れ出てくる。

やがて、タイミングを見計らったかのように、花園を弄んでいた指が蜜口に触れた。

「えっ……」

なぜそこにと思った次の瞬間、ズブリと第一関節までを埋められる。

軽い衝撃と圧迫感に腰が跳ねる。

「ま、政臣さっ……」

生まれて初めて異物を受け入れたはずなのに、隘路の内壁は長い指を取り込んで、より奥へ、奥へと導こうとしていた。

(私の体……どうしちゃったの……)

心と体がバラバラだ。

「お、願い……もう……」

涙目で政臣の頭に手を掛け、押し返そうとしたのだが、腕に力が入らず小刻みに震えるばかりだった。更に第二関節まで埋められ、喉の奥から熱い息が漏れ出る。

「やっ……」

政臣は動きを止めない。

「本当に嫌かい?」

「そ、れは……」

「もうこんなに濡れているのに?」

政臣は指を引き抜き、その指を美月に見せ付けた。

蜜がループランプの光を反射しぬらぬら光っている。

この淫らな液体を自分の肉体が分泌したのが信じられなかった。

政臣は指先をペロリと舐めると、「……甘いな」と目を細めた。

「美月、君を味わい尽くしたい」

「や、やめっ……」

再び指が蜜口にズブズブと埋められる。

美月は目をかたく閉じてその圧迫感に耐えた。再度体が強張ってしまう。

「もっと体を楽にして……。その方が気持ちいい」

そんなことを言われてもと抗議しようとすると、隘路の内壁の腹側をそっと擦られた。

「あっ……」

愛撫による快感が腹の奥をひくつかせる。

美月が気持ちよさに体から力を抜いた、次の瞬間のことだった。

指が中で曲げられ、隘路の一部のざらりとした箇所に触れたのだ。

そこはいけないと訴えようとしたのだが、続く刺激に視界に火花が散り、意識が飛びそうになる。

「そうか。ここなのか」

政臣は独りごちながら指先でその箇所をぐっと押した。衝撃的な快感に声も出ない。

弄られるごとに体が弓なりに仰け反り、話すどころか息が途切れ途切れになる。

「あ……はっ……あっ！」

熱を持ったそこがぷっくりと腫れ上がるのを感じる。

腹の奥からどっと蜜が泉さながらに湧き出た。体のどこにこうも大量の液体が蓄えられていたのか。

政臣が指を引き抜き唇の端に笑みを浮かべる。

「これからなのに、もう限界だなんて言わせない」

これからとはどういうことなのか、その答えをもう知っているはずなのに、いざ宣言されるとやはり身を震わせてしまう。

政臣はそんな美月の唇にキスを落とした。先ほどまでの強引な快感への誘導が、嘘なのではないかと思うほどの優しさだった。

足を再び大きく開かれたかと思うと、狭間に引き締まった腰が押し込まれる。

政臣の下半身を挟み込む姿勢になり、身動《みじろ》ぎをしたからか片足が広い右肩に載った。

「あっ……」

濡れそぼった蜜口に熱くかたい何かが押し当てられる。

それは美月の想像以上に太く、いくら前戯で緩んだ隘路でも、受け入れられるのかと恐れ戦《おのの》いた。

「ま、政臣さ……まっ」

言葉がゆっくりと貫かれる衝撃に四散する。

「あ……あっ」

指とは比べものにならない圧迫感。質量。熱量。

内臓が押し上げられ、熱い息が繰り返し吐き出された。

助けを求めて右手を挙げたのだが、何も摑めずにシーツの上にぱたりと落ちる。

一方、政臣はある程度腰を進めたところで、「……ん？」と目を瞬かせて首を傾げた。

「まさか……」

政臣は美月の目を覗き込んだ。

「君は……初めてだったのか？」

「……っ」

行為に耐えるのに必死で頷くことすらできなかった。代わりに体が反応し、政臣の分身をギュッと締め付けてしまう。

「くっ……」

端整な顔が苦しげに歪んだ。政臣も限界なのだろう。

美月は力を振り絞って「……そのまま」と訴えた。息も絶え絶えの声だった。

「止め、ないで、ください……。私は……あなたの……妻、です……」

「……っ」

政臣は促されるままに腰を押し出した。

「もう……止められないぞ」

「……っ」

コクコクと頷きながら政臣を見上げる。

「……来て」

切れ長の目が細められる。黒い瞳は欲望の熱に燃え上がり、もう美月しか映していなかった。

「……なら、遠慮はしない。僕は、君を抱く」

汗に濡れた細腰を摑んで引き寄せる。

「あっ……」

ズンと最奥に衝撃が走った。

「あ……あっ！」

思わずシーツを摑んだが、なんの助けにもならない。

かと思うと今度は一気に引き抜かれ、空ろになった蜜口から愛液がどっと流れ落ちた。

涙で曖昧になった視界の中でも、赤黒い政臣の逸物の存在感だけは感じ取れる。

「……っ」

ぬらぬらと濡れて力強い雄の象徴から、思わず目を逸らそうとしたのだが、政臣は美月のそれが気に入らなかったらしい。

再び隘路を貫かれて白い喉を曝け出した。

「あっ……ふ。やあっ……」

リズミカルな抽挿にベッドが軋む。同時に、横たわっても潰れない、豊かな白い乳房がふるふると淫らに揺れた。

その動きが執拗に繰り返されると、政臣の大きさに慣れてきたのか。次第に隘路が緩んでくる。

快感に足の爪先がピンと伸びる。

「ま、さおみさん、私……」

「気持ちいいか?」

「……っ」

「僕もだ。美月、一緒に行こう」

行くってどこへと尋ねる間もなく。角度を変え、先ほどのざらりとした箇所を突かれる。

「んふっ……」

噎ぶような吐息とともに、唾液が唇の端から漏れ出た。

「あ、つい……あつい……」

いやいやと首を横に振れば振るほど、政臣はより激しく美月を抱いた。

それからどれだけの時が過ぎたのだろうか。

下腹部から脊髄、脊髄から脳髄にかけて電流が走る。視界に火花が散って何も見えない。

なのに、自分を見下ろす政臣の黒い瞳だけは感じ取れた。

知らずぴったりと体をくっつける。

「君……猫みたいだな」

政臣もそんな美月を広い胸で抱き締め、そっと体を撫でさすってくれた。

情事の名残の互いが流した汗が入り混じる。

「……可愛いな」

「政臣さん？」

美月が目を開くと、黒い瞳に再度欲情の炎が点った。

まだ体内にある政臣の分身が質量を増して力強く脈打つ。

政臣は美月の乳房に唇を落とした。

「……美月」

「あ、政臣さ……あっ……」

もう片側の乳房をぐっと摑まれるのと同時に、最奥に二度衝撃が走る。

「あ……あっ！」

逞しい背に手を回して爪を立てる。

政臣は美月に与えられる痛みすら快感なのか、薄い唇の端にはうっすら笑みが浮かんでいた。

「政臣さん……まさっ……」

「美月……」

ベッドが軋む音に互いを呼ぶ声が重なる。やがてその声も激しい吐息に変わっていった。

夜はまだ終わらないようだった。

◆◇◆◇◆

――政臣は眠りが浅い。

仕事で何かあればすぐに飛び起き、パソコンに向かう癖がついているからだろうか。

その夜も窓に当たる深夜の秋雨の音で目が覚めた。

午前二時。江戸時代なら丑三《うしみ》つ時《どき》と呼んだ時間だ。

額を抑えつつ頭を起こすと、隣ではまだ美月がスヤスヤ眠っていた。

まだ二十一歳だからか寝顔にはあどけなさが残っている。

情事の最中には妖しく汗に濡れ、艶《なま》めかしかったその肢体は、眠っていると健康的な女性のそれでしかなかった。

額にかかった乱れた前髪を整えてやると、美月はふにゃふにゃと口を動かした。

「お母さん……」

心にいる男でも自分でもなく、まさか母の名を呼ぶとは。

まだ子どもなのだなと苦笑する。

（いいや、違う）

昨夜の美月の覚悟を決めたレンガ色の瞳を思い出す。強く、誇り高く、真っ直ぐな目をしていた。

『私にもプライドがあります。ちっぽけですが、蔑ろにされたくはない』

年若かろうと美月は大人だ。政略結婚だとわかっていても、最終的には自分で道を選び、責任を果たそうとしている。

よく似た境遇だったはずなのに、自分の母とはだいぶ違っていた。

＊＊＊

――政臣の母は久美子《くみこ》といい、江戸時代から関東に地盤を置く資産家の令嬢だった。

しかし、戦後は時代の流れに乗れずに没落。

彼女の父はそれでも羽振りのよかった頃が忘れられず、贅沢三昧《ぜいたくざんまい》の暮らしをするうちに、あっという間に残り少ない財産も使い果たしてしまった。

そんな中、久美子に縁談が持ち込まれた。

その相手こそが堂上修《おさむ》。政臣の父だったのだ。

政臣は偶然見かけた久美子を見初めたらしい。

それを知った久美子の父は、これ幸いとばかりに娘を修と婚約させた。もちろん、久美子の意思など無視である。

当時久美子は十八歳、一方、修は三十九歳だった。その後当時としても少々早い二十歳で堂上家に嫁ぐことに。

しかし、結婚生活は幸福なものではなかった。

父とは二十歳以上の年の差があったので無理もない。

若い娘にとっては実家に売り飛ばされたも同然だっただろう。

その上、姑《しゅうとめ》に当たる祖母からは、所詮零落した家柄出身と見下され、いびられ、実家同士の力関係から反論もできない。

夫も「母の言うことを聞け」としか言わない。

そうした孤立無援状態の中で自分によく似た息子が誕生したらどうなるか。

久美子は祖母から「跡取りだから私が育てる」とどれだけ攻撃されても、息子の政臣の養育だけは頑として譲ろうとしなかった。

一度祖母が無理矢理取り上げようとした際、「お義母さんに渡すくらいなら、政臣を殺して私も死にます」と、なんとその場で政臣の首を締めあげたのだという。

『……ここで政臣が死んだらお母様のせいですよ。嫁を追い詰め、孫を殺した鬼姑として社交界で有名になりたいですか……？』

以降、祖母は政臣に手出しができなくなった。

ところが、四年後に妹の玲美《れみ》が生まれても、久美子はなんの関心も示さなかったらしい。

それどころか、養育を雇った乳母に任せる始末だったのだとか。

すでに祖母は他界していたので、玲美は子どもに無関心な両親から顧みられず、乳母のもとで育った。

政臣としてはそんな妹が不憫《ふびん》で、また唯一の兄妹だったので可愛かった。

当然、よく遊んだり、勉強を見てやったりしていたのだが、なぜか久美子は政臣と玲美が関わるのを嫌がった。

あれは高校生の頃のことだっただろうか。

玲美からすれば構ってくれる政臣が唯一の家族だったのだろう。小学校の家庭科の実習で作ったからと、手作りのケーキをプレゼントしてくれた。

政臣はありがとうと受け取り、夕食後に食べようと家政婦に預けたのだが、いざその時になるとなくなっていたので慌てて探した。

家政婦はまったく知らないようだったので、久美子にケーキの行方を尋ねると、「捨てたわよ」となんでもないことのように答えたのだ。

『だって、子どもの手作りなんて不潔よ。食中毒になったらどうするの』

政臣は幼い頃から賢く大人びていて、反抗期もない少年だったが、この時ばかりは全力で反発した。

『あれは玲美が初めて作ったケーキだったんだぞ。本当は母さんの分も作ったけど、食べてもらえないからって僕に渡したんだ。どうしてそんなひどいことができる？　玲美の気持ちも考えてみろよ！』

『だって、あなたが心配なのよ。それに……』

久美子は涙を浮かべて訴えた。

『最近あなたったらあの子ばかり構って。どうして私を放っておくの？』

母が息子に言うセリフではない。

絶句する政臣に久美子は縋《すが》り付いた。

『私の味方はあなただけなのに。あの子ばっかり構われていて……ずるい。どうして私を放っておくの』

大人の態度でもなかった。

久美子は娘時代を父と夫の修に搾取され、精神を十代に置き去りにしてしまったのだろう。

哀れな女性とは思ったが、これは久美子自身の問題である。

少年の政臣に対処することなどできなかった。

この頃になると、修もさすがに妻の子どもたちに対する悪影響を慮《おもんぱか》ったのだろう。

大学入学を機会に政臣には一人暮らしをするように促し、玲美は全寮制の女子校に入学させた。

それから五年後、久美子は病を得て亡くなったのだが、すでに高校生となっていた玲美は葬儀の最中、「これでよかったのよ」と少女とは思えぬ影のある表情で呟いていた。

『お母さんは生きている限りお兄ちゃんを束縛して、お兄ちゃんを奪う女として私を攻撃する。私、お母さんの娘であったことなんて一度もなかった。……絶対にあんな女にだけはなりたくはない』

玲美の言う通りだった。

不幸な境遇にあったのは気の毒に思うが、それで我が子を傷付けていい理由にはならない。

通夜と葬儀、火葬を済ませたのち、玲美はすっかり小さくなり、骨壺《こつつぼ》に入れられた久美子を抱えてぽつりと呟いた。

『……ねえ、お兄ちゃん。弱いってそれだけでもう罪なんだね。自分だけが可哀想《かわいそう》だって顔をして、平気で周りの人を傷付ける。……傷付ける権利があると思っている』

最後の一言には思い当たることが多過ぎた。

『お母さん、お父さんを好きじゃなかったんでしょう？』

久美子は二十歳で修と結婚しているが、そこに愛などなかったのだろう。

玲美は暗い目で言葉を続けた。

『でも、もう成人していたんだから、結婚したくなかったんだったら……逃げようと思えば逃げられたんだよね。それでも、お母さんはそうしなかった。自分一人で生きていけないって知っていたから。……弱かったから』

反論などできなかった。

玲美の言う通りだったからだ。

久美子は一人では生きていけない、身も心も弱い女性だった。

なお、玲美は大学を卒業後修の反対を押し切り、半ば堂上家を捨てる形で就職、自立。在学中に知り合ったごく普通の男性と結婚し、平凡だが幸福な家庭を築いていた。

現在は一児の母である。

玲美は玲美なりに母の哀れな生き方と寂しい死から教訓を得たのだろう。

現在でも連絡を取り合ったり会ったりしており、もちろん美月と結婚することも伝えてあった。

修の意に染まぬ平凡な男と結婚したことで、勘当を言い渡されており、招待状も送れなかったからだ。

玲美は政略結婚に「まだそんなことをしているの」と呆《あき》れ、兄を気遣ってもいた。

『その人は大丈夫なの？　……お母さんみたいにならない？』

＊＊＊

――政臣はシーツに散った美月の髪を掬《すく》い取《と》った。

出会ったのは本当に何気なく入った純喫茶で、彼女は料理人とウェイトレスを兼ねていた。

また、そのコーヒーと料理が滅法美味い。

幼い頃から美味いコーヒーにも美食にも慣れていたはずだった。

なのに、もう一度来たいと思わせる何かがある。

一体、どんな隠し味を入れているのか。

その秘密はオムライスを食べたその日に判明した。

彼女自身だ。

明るく朗らかな笑顔と澄んだ声を、見て、聞くだけで元気づけられる。自分の足でしっかりと立ってくるくる働く逞しさにもだ。

美月はただそこにいてくれるだけでいい――常連にとってもそうした太陽にも似た存在

る様子もあった。

思えば峠亭は男性客が多かったし、誰も美月に手を出さぬよう、互いに牽制《けんせい》し合ってい

だったのだろう。

政臣自身も遠くから眺められるだけでよかったし、すでに香織との結婚が決まっていた

のもあり、それ以上を望む気はまったくなかった。

ファンクラブのようなものだったのだろう。

ところが、そのささやかな楽しみは火災によって奪われることになる。

いつものように峠亭に向かうと、焼け焦げた瓦礫の山と化していたので驚いた。

調べてみるともらい火で全焼したのだという。

彼女は今頃どうしているのか気になって仕方がなく、だが客の一人でしかないので何も

できずにいた頃、結婚一週間前になって浩一郎から連絡が来た。

なんと、香織が姿を消したのだという。

男と逃げたのだと聞いた時にはいっそすがすがしさを覚えた。

少なくとも久美子のように逃げることもできずに、子どもにその負債を押し付けるより

はよほどましだ。

政臣としても伯父の堂上グループの会長としても、政略結婚が成り立たなくなった程度

で、紅林建設との付き合いがなくなるわけではない。

しかし、浩一郎にとっては堂上家の親族となるのは悲願だったようで、なんともう一人、愛人腹の娘を差し出すと申し出てきたのだ。

すでに式場は押さえ、招待状も出してしまっている。中止にするくらいなら花嫁をすげ替えればいいと。

堂上グループ会長は紅林家と政略結婚をしようと、しなかろうとどちらでもよかったのだろう。この件はお前に任せると告げられた。

後日、浩一郎からもう一人の娘の美月と顔合わせをする場を設けたいとの連絡があった。妾腹の娘は承知しているのかと尋ねると、もう話はついているとの答えが返ってきた。

特になんの期待もせずに会いに行った。

その娘もまた香織のように、金さえあればいい女なのだろうと。もっとも、香織は最終的には愛を選んだようだが。

しかし、政臣は相手の人格などどうでもよかった。

結婚とは愛した女性とするものではなかったからだ。

不幸だった母をずっと見てきたからだろう。修の血を引く自分が女性を幸せにできるとは思えなかった。

だから、甘やかされ、贅沢《ぜいたく》な暮らしさえできればいい女性との結婚は、いっそ都合がよかった。金さえかければ文句などないのだから。

ところが、顔合わせの場に現れた娘が、峠亭でくるくる働いていた、あの美月だったのだから驚いた。

事情を尋ねてみると、火災に見舞われたことにより峠亭を失い、更に母が倒れ、援助がなければにっちもさっちもいかない状況だったと。結婚を承諾したのも峠亭の再建のためだと正直に語ってくれた。

——この娘は母と同じように、実家のために我が身を差し出す気でいる。

そう思うと胸が痛んだ。

なのに、現状を幸運だと捉えている自分がどこかにいた。

美月は淹れたコーヒーからだけではない。彼女自身から日なたを思わせる幸せの香りがする。

彼女と結婚すれば毎日その香りを吸い込めるのだと思うと誘惑に抗《あらが》えなかった。

「結婚などしなくても僕が援助します」——その一言が最後まで言い出せなかった。

だが、罪悪感を抱いたまま式を挙げ、無事披露宴を終え、新婚旅行先で思い至った。

——美月にも恋人がいたのではないか。

美月は新婚旅行先のホテルのロビーで、異性らしき相手と電話していた。

『ごめんね』

『まだ何も言えないの』

『いつか話せる時が来たら話すから』

『……好きだよ』

口調からして同年代の若い男なのではないかと察せられた。

美月は峠亭再建の援助を得るために結婚する。ならば、交際していた恋人と別れても不思議ではない。

その可能性に気付いた途端、三十一年間覚えたことのない、じりじりと焼け焦げるような熱を感じた。

嫉妬なのだと思い知るのに時間が要った。あの笑顔が他の誰かに向けられていたのかと思うとその男を消し去りたい衝動に駆られた。

同時に、罪悪感が再び胸を刺した。

――美月を解放した方がいいのではないか。

そう感じた。

彼女にバツがつかないよう、式は挙げても婚姻届を出さずにいればいい。

その後浩一郎の目を誤魔化すために半年程度ともに暮らして、自分が浮気なりなんなりしたとの有責で別れ、慰謝料という形で峠亭再建の資金を援助する。

これで万事うまくいくはずだった。

なのに――。

『汚い理由でも勇気を出して自分で選んだ道なんです。私をちゃんとあなたの妻にしてください』

あの眼差しに魅せられ、二度目の恋に落ちてしまった。

生まれて初めて理性をなくして美月を抱いて、その体がまだ清らかなものだと知った時には驚いた。

彼女の恋人は手を出さなかったのかと首を傾げたが、それほど彼女を大切にしていたのかもしれない。本気で愛している者だからこそ手出しできない気持ちはよく理解できた。

すでにその男に敗北した気がした。

だが、もうすでに彼女を手放し難くなっていたのだ。

第三章　パーフェクトな旦那様との新婚生活

こうして政臣との新婚生活が、すでに彼の暮らしていたマンションで始まった。

まず、戸惑ったのが、政臣が掃除、洗濯、料理などの家事を、すべて堂上家が懇意にしている家政婦に任せていたことだった。

政臣は一人暮らしの頃からそうしていたらしい。

美月は生活レベルの差に目を白黒させつつ、それらの家事を自分にさせてほしいと申し出た。

「そうでもなければ私のやることがなくなってしまうので……」

政臣は美月の申し出にこれまた目を白黒させた。

「やること？　色々あると思うのですが」

政臣の亡き母やすでに家庭を持つ妹は、かつて社交や茶道、華道の習い事、勉強やその他趣味に勤《いそ》しんでいたと聞いて度肝を抜かれた。

「美月さんに趣味はないのでしょうか？」

政臣に尋ねられてしどろもどろになってしまう。

「な、ないわけではないですが……」

朝起きて峠亭に出向いてモーニングメニューを用意し、それが終わるとランチタイム。ディナーの時間帯が終わると翌日の仕込みをし、その後帰宅して自宅の家事を済ませるのが日常だったのだ。

何もしなくてもいいと言われても困る。

それに、これから自宅となるこの部屋に、そしてキッチンに、いくら仕事とはいえ家政婦――赤の他人が出入りするのにも抵抗感があった。

「政臣さん、家事は私に任せてもらえないでしょうか？」

「ですが、美月さんに負担を掛けるわけには」

美月は苦笑しつつ「負担じゃありません」と首を横に振った。

「もう体に染みついてしまっているんです。政臣さんが迷惑なら諦めますが」

「いいえ、美月さんがそう言うのなら――」

政臣はそこまで言ってはっとし、美月をまじまじと見下ろした。

「政臣さん？」

「美月さんが料理をしてくれるということは、あのストレートコーヒーが飲めるのでしょうか」

いつもの落ち着きのある黒い瞳が期待に輝いている。

まるでお菓子をもらう前の子どものようで、こんな顔をもするのかとちょっと笑ってしまった。

「もちろんどんなコーヒーでも淹れますよ。これでもプロですから」

「どんなコーヒーでも？」

「はい！　もちろん、日本茶でも、紅茶でもいいですよ」

「なんでも淹れられるんですね」

「ええ、大好きなので」

淹れるのも飲むのも好きだが、一番好きなのは誰かのために淹れて、その人が「ああ、美味しい」と満足した顔をする時だ。一緒に幸福な気分になれる。

「それでは、ぜひよろしくお願いします」

（政臣さんも本当にコーヒーが好きなのね）

これは腕によりを掛けなくてはと内心張り切ってしまう。

今のところ何もかもうまく行っていたが、一つだけ気に掛かることがあった。

現在、浩一郎から援助された資金で峠亭の再建計画を練っている最中である。

なお、政臣の提案で設計は彼の勤める堂上共同建設コンサルタント、施工は紅林建設に依頼することになっていた。

浩一郎はあのような人格だが、会社経営や建設についてはさすがプロ。技術は確かなものであり、業界でも顧客からの信用も高いからと。

政臣の助言なら信じられる。美月は峠亭の建築については全面的に堂上共同建設コンサルタントと紅林建設に任せようと決めた。

問題は再建後の経営である。

約半年後、つまり春には竣工《しゅんこう》検査と是正工事が終わり、峠亭が元あった場所で再開業できる見込みだが経営はどうなるのか。

それまでには陽子が回復しているだろうし、経営自体に問題はなくなるだろうが、美月自身はどうするのか、まだ政臣と話し合っていなかった。

できれば以前のように母を手伝いたかったものの、政臣と結婚した以上許されていいものかと疑問だ。

政臣自身は許してくれても、浩一郎がなんと言うか。

何せ、居酒屋や峠亭での仕事を水商売と見下していた性格だ。無理に峠亭に戻ろうとすれば、良家の妻のする仕事ではないと、援助を打ち切られる可能性がある。

（そのうちまた相談しなくちゃいけないんだろうけど……）

それまでは政臣の専属バリスタでいるつもりだった。


こうして新居一日目の夜が訪れた。

何せ話が決まって一週間で結婚したので、政臣宅に美月の私物はほとんどない。

政臣はいずれ美月の好む家具を買《か》い揃《そろ》えようと言ってくれているが、それまでは当分同じベッドで眠らなければならなかった。

男性向けのベッドだからか、美月と二人横たわっても十分な広さがある。

「お邪魔します……」

美月は先にそろそろとベッドに潜り込んだ。

（このベッドで政臣さんは毎日眠っているんだ……）

そう思うと胸がキュンと疼いた。

（もう、私ったら今更何を照れているの。新婚旅行であんなことをしておいて）

「あんなこと」を思い出し、一気に頬が熱くなる。

（あっ、シーツに政臣さんの香りが染み込んでいる）

ミント系の香りはシャンプーの香料だろうか。柑橘系《かんきつけい》の香りは恐らく職場の消臭剤。それと、どこかで飲んだコーヒーのにおいも。

他はなんとも思わなかったのに、コーヒーのにおいにだけは嫉妬してしまった。

（……明日早速コーヒーを淹れよう）

ぎゅっと四つある枕の一つを抱き締めて顔を埋める。そこからも政臣の香りがした。

ついすんすんと嗅いでいると、不意にドアの開けられる音がして、「美月さん」と声を掛けられたのでドキリとする。

「ま、政臣さん、歯磨き終わったんですか？」

政臣は眼鏡を外し、ネイビーカラーのパジャマ姿だった。整髪料も綺麗にシャンプーしたので、下ろされた前髪が額に影を落としている。

「ええ。美月さん、昨日、今日と移動で疲れたでしょう。先に寝ていてもよかったのに」

「いいえ、この通りピンピンしていますよ」

「あはは、さすが二十代だ。若いですね」

「でも、政臣さんだってまだ三十歳でしょう？」

「もう、ですよ」

政臣は微笑みながら電気を消すと、美月の隣にそっと身を横たえた。

なぜか三十センチほどの距離を取られたのに気付き、美月はどうしたのだろうと首を傾げる。

（どうして距離を取って……）

避けられているのかと訝《いぶか》しむ。

（ううん、ちょっと待って。そもそも結婚したらどんな風に寝ればいいの？　政臣さんが普通なのかしら？）

てっきり寄り添って眠るものかと思い込んでいたが違うのだろうか。

また、夫婦の営みのタイミングもまったくわからなかった。

新婚旅行では勢いに任せてベッドインしたが、日常の夫婦生活とはどのようなものなのか。

（私、結婚も、男の人のことも、政臣さんのことも、何も知らずにこの人の奥さんになったんだな……）

ちらりと三十センチ先の政臣の顔に目を向ける。

政臣は瞼《まぶた》を閉じていると大理石の彫像に見えた。端整な顔立ちは国境や人種を越えるのだなと感じる。

なんとなく目でシャープな輪郭を辿《たど》ってしまう。

形のいいくっきりした眉と切れ長の目。すっと通った鼻筋と薄い唇。

そして――。

「……眠れませんか?」

一瞬、驚きのあまり心臓が爆発するかと思った。

「お、起きていたんですか?」

黒い目がゆっくりと開かれる。

「ええ。目が冴《さ》えてしまって。美月さんもですか?」

「は、はい……」

ふと、今夜は満月なのだと思い出す。夕方のニュースで報道していた。

『今夜二十三時五十八分頃に満月の瞬間を迎えます。アメリカの先住民の間ではこの季節の満月はフロストムーンと呼ばれます。霜が降り始める季節だからです』

つまり、秋が終わり冬へと差し掛かった兆しなのだろう。

ふとベッドルームの壁掛け時計を見上げると、ちょうど午後十一時五十八分を指したところだった。

「あっ……」

思わず体を起こしてカーテンの隙間に目を向ける。

今夜は晴れて雲もないからか、淡い光が差し込んでいた。

「どうしました？」

「はい、今満月になったんです。ほら、あの月明かり……」

ニュースについて説明すると、政臣は面白そうに聞いてくれた。

「満月になる瞬間ですか。フロストムーンはいい言葉ですね。日本でも昔はこの季節……十一月を霜月と呼んだそうです」

「あっ、古文で聞いたことがあります。道理で寒いはずですね」

室内は自動的に温度が調節されているはずだが、布団の中から抜け出したからだろうか。寒気を覚えたかと思うと、軽くくしゃみをしてしまった。

「風邪でしょうか？　大丈夫ですか？」

「あっ、風邪じゃないと思います。多分、寒いだけで……」

「確かに少々冷えますね」

政臣は美月の手首をそっと摑んだ。

「ま、政臣さん？」

黒い瞳に欲望の光が瞬いている。

次の瞬間、軽く引かれて体のバランスを崩した。

「きゃっ」

ベッドに仰向けに倒れ込んでしまう。更にすかさず伸《の》し掛《か》かられて息を呑んだ。

「ま、政臣さん……」

政臣は美月の髪を掬い取って口付けた。

「美月さんも美しい月と書きますね。やはり、生まれた夜に月が浮かんでいたからですか？」

「は、はい。やっぱり、こんな満月の夜だったと聞いて……」

政臣の目に魅せられながら、ふとニュースの続きを思い出す。

『古代より、満月には不思議な力があると信じられてきました。実際、満月の日には出産が多く、新月の日には人が亡くなることが多いそうです』

キャスターはこうも言っていた
『また、満月の夜に犯罪や事故が増えるとも言われています。人間の野性的な本能を刺激するのかもしれませんね。狼男も満月の夜に変身するのが有名ですね』

「ま、政臣さん……」

美月は身動ぎをしようとしたが、シーツに縫い止められた手首はびくともしなかった。

「美月……」

頰に口付けられ体がビクリと震える。

「なぜだろう。君がひどく可愛く見える」

可愛くて、可愛くて、食べてしまいたいと政臣は呟いた。

「あっ……」

パジャマ越しに右の乳房をやわやわと揉《も》まれて甘い声を上げる。

（私ったら、こんな声……）

羞恥心を覚える間もなく、今度は鎖骨付近に唇を落とされ、吸われて赤い痕をつけられた。

それだけで体がたちまち火照る。

「美月……」

その囁きを合図にしてパジャマを剝《は》ぎ取《と》られる。

更にベッドに四《よ》つん這《ば》いになった姿勢にされ、羞恥心を覚える間に背後で衣擦《きぬず》れの音が聞こえた。

政臣がパジャマを脱ぎ捨てたのだろうか。

「早く私を食べてほしい」と、熱を持った体が快感への期待に打ち震える。

力強く脈打つ雄の証をぐっと押し込まれると、圧迫感とともに全身を歓喜が駆け抜けた。

生々しい肉の感触をありありと感じる。

「あ……ん。政臣さん……」

続いて乱れた髪を掻き分けてうなじに口付けられる。

背筋から首筋にかけて悪寒と快感が同時に走った。

「君は肌も汗もこんなに甘い。……どうしてこれ以上深く繋がれないんだろう」

不意に獣のように肩にガブリと噛み付かれて歯を立てられる。

「……本当に食べてしまえばひとつになれるだろうか」

軽い痛みも瞬く間に快感に変換され、肌にピリピリと刺激が走る。

気が付くと口を開けて唇の端から唾液を垂れ流し、「もっと」と目を潤ませて強請《ねだ》っていた。

これでは雄を求める雌狼だ。

ふと、狼は人と同じく一匹の夫、一匹の妻で番うのだと思い出す。彼らも月の輝く夜にはこうして激しく愛し合うのだろうか。

政臣の分身をより最奥に誘い込もうと腰を揺らす。

「……政臣さんの、好きなようにして」

政臣になら肉の一片も残さずに食らい尽くしてほしかった。

美月の囁きに火を付けられたのか、政臣は美月の括れた腰を摑み、最奥をぐっと抉る。

「ああ……んっ」

死にかけの狼の遠吠えのような喘ぎ声が出た。

「……美月、もっと、声、聞かせて」

「あ、あ……ああっ」

腰と腰がぶつかり合い激しい音を立てる。

すでに分泌されていた蜜がぐちゅぐちゅと嫌らしい音を立てながら泡立った。

聴覚と隘路の触感で感じるその響きに、ただでさえ曖昧だった思考を塗り潰される。同時に、張りのある白い乳房が淫らにふるふると揺れた。

薔薇色に染まった先端はすでにピンと尖り、政臣に蹂躙されるのを待っている。

その無言の期待に応えるかのように、背後から回された手にぐっと右の乳房を鷲摑みにされた。

「あんっ……」

大きな手の平の中で柔らかな肉が形を変える。指先で先端をくりくりと捏ね回されると、乳房全体に稲妻が走った気がして身悶えた。

「あんっ……あ……あっ」

再び遠吠えのように喘いでしまう。

続いて前から足の狭間に手を入れられ、蜜口以外の敏感な箇所を大きな手で擦られ、胸とそこを同時に責められて混乱した。

「あっ……そんな……駄目……だって」

「僕の好きにしろと言っただろう」

囁きとともに耳に熱い吐息が掛かり、背筋がゾクゾクする。

体の熱で更に溶け出した蜜が次々と零れ落ち、政臣の手をぬらぬら濡らした。

「美月……」

不意に政臣の手が離れ、ずんと最奥を突かれる。

美月は大きく口を開いたが、すでに声は出ず荒く熱い息を吐き出すばかりだった。

「あ……ん……はっ……。あ……ああっ」

より奥へと続く扉をこじ開けようとでもしているのか、政臣の屹立がぐりぐりと押し付けられる。

「……っ」

噎ぶような吐息が漏れ出た。

情け容赦なく肉体を責められているのに、体は政臣を迎え入れるどころか、もっと苛んでくれとばかりにその分身を隘路で締め付ける。

「くっ……」

呻き声しか聞こえなかったが、政臣が快感に顔を顰めているのだとわかった。

膝がガクガクと震えて今にもベッドに倒れ込んでしまいそうになる。

実際、何度かそうなったのだが、そのたびに政臣の力強い腕に引き戻された。

「美月、君は僕のものだ。……そうだろう？」

腰を打ち付けられながら尋ねられても答えられるはずがない。

「ああ、政臣さん……。政臣さん……」

寄り目になりながらそう名を呼ぶばかりだった。

それでも、政臣はもう一度尋ねた。

「さあ、答えて。君は誰のものだ？」

「私は……ああっ」

屹立に最奥を抉られ、そのコリッとした感触に耐え切れず、涙を散らしながらいやいやと首を横に振る。

「や……あっ」

「嫌じゃないだろう。……答えて」

「……っ」

激しい交わりで押し出された熱せられた蜜が、美月の白く滑らかな腿を伝ってシーツにシミを浮かび上がらせる。揺れる胸の谷間からも汗が一滴落ちた。

「まさ、おみさんの、ものです……」

「……聞こえない」

「あっ……そんな……奥に……」

息を整える暇もないのにと泣きそうになったが、政臣は美月のはっきりとした答えを聞くまで止めそうにない。

だから、美月は残されたわずかな力を振り絞って、「政臣さんの、ものです……」とあえかな声で呟いた。

「私は、あなたのものです。あなただけの……妻です」

政臣からの返事はない。更に、動きまでもが止まったので、何かあったのかと振り返る。すぐそばに激しい情欲の青白い炎と深い愛情の赤い炎、二つの炎に燃える黒い瞳があった。

「美月……もっと君の顔が見たい」

「えっ……」

分身が一気にずるりと引き抜かれ、隘路を雄肉で擦られる感触に身悶える。

「ああっ……」

更に腰から腕が放され、どっとベッドに俯せに倒れ込み、間髪を容れずに体を仰向けに返された。

「ま、政臣さ……」

政臣は美月の両足を肩に掛けたかと思うと、まだ互いの熱で火照った肉塊をぐちゅぐちゅになった蜜口にあてがった。

「ま、待って……」

懇願も虚しく隘路を一気に貫かれ、弓なりに体を仰け反らせる。

「ああっ……」

獣と化して圧倒的に雄に征服されるその被虐感に酔い痴れ、美月はひたすら政臣の名を呼んだ。

「あぁ……政臣さぁん……」

「美月、君は、僕のものだ……」

政臣の体が大きく痙攣する。やがて、低い呻き声を漏らしたかと思うと、美月の足を肩から下ろした。

汗に濡れた頰を覆って、唾液に濡れた唇に口付ける。

狼も愛し合ったあとにはキスをするのだろうか。

そんな疑問を抱きながら、美月は政臣の背に手を回して瞼を閉じた。


——窓の外から小鳥の鳴き声が聞こえる。

美月は寝ぼけ眼で体を起こした。

(モーニングの準備……しなくちゃ)

峠亭では定休日の日曜日以外は、朝七時から日替わりモーニングを提供している。

(今日は、何曜日だっけ……。ああ、そうそう。使い切らなくちゃいけないから、今朝はたまごサンドにしよう)

モーニングでもっとも手間がかからないメニューは、トーストとゆで卵、またはハムトーストだ。

どのメニューにもサラダとコーヒーがつく。だが、今朝はほんの少し手間を掛けたい気分だった。

のろのろと洗面所に向かい、顔を洗おうとして我に返る。

なぜなら、目の前の鏡に一糸纏わぬ女が映っていたからだ。

しかも、体のあちらこちらにキスマークが散っており、明らかに情事のあとだとわかった。

「……!」

思わず頬を押さえる。

（そ、そうだった、私……）

激しい波に呑み込まれるように政臣に抱かれたのだ。繰り返し喘ぎ、達して、最後には行為の激しさに耐え切れずに気絶してしまった。

「～～っ」

顔を覆ってその場にしゃがみ込む。

（わ、私、まだ二度目なのに……）

すっかり快感にも政臣にも溺れてしまっていた。

自分は相当淫乱な女なのではないか――そんな疑いを抱きつつバスルームのドアを開ける。

「はあ……」

シャワーを浴びて肌を濡らす汗や唾液、足の狭間の蜜を丁寧に洗い流した。

「んっ……」

そこに触れた途端、つい妙な声を上げてしまう。

昨夜激しく政臣の分身が出入りした蜜口や花弁、花心がぷっくり赤く腫れて敏感になっていたのだ。少し触れるだけで感じてしまう。

お湯を頭から流したまま思わず自分自身を抱き締める。

(政臣さんに抱かれると……気持ちよすぎて怖い)

自分の知らない自分を引きずり出され、その新たな自分があまりに淫らなので羞恥心を覚える。

なのに、拒めない。もっとも、拒む気もないのだが――。

(次抱かれる時には……どんな顔をすればいいの?)

蛇口を閉めバスルームから出て、さっとタオルで体を拭く。気を取り直そうと軽くスキンケアをして仕事着に着替える。

長袖Tシャツに動きやすいパンツ、そして峠亭のエプロンだ。

「……よし」

最後に紐を結ぶとそれが合図のように一気に気が引き締まった。

美月は昔からこのエプロンを身に纏うと、何があろうといつもの自分に戻ることができるのだ。

さて、いざゆかんとキッチンへ向かう。

政臣宅のキッチンは独立型で広々としていた。においも物音もリビングに届かないため調理しやすい。

冷蔵庫の中のものは自由に使ってもいい――そう言われていたので、早速ドアを開けて中を見回す。

（うん、一通り揃っているみたい）

しかも、すべての食材がそれなりの値段のものだと見て取れた。少なくとも、業務用のひとまとめいくらではない。

（これなら美味しいものができそう）

わくわくとしながら卵と食パン、ハム、キュウリ、トマト、紫玉ネギ、ハムを取り出した。

まずは、小鍋を火に掛け玉子を茹《ゆ》でる。

その間に野菜とハムを食べやすい大きさに切って、一人分のサラダボウルに盛り付けた。

ドレッシングが見当たらなかったので、オリーブオイル、レモン汁、醤油《しょうゆ》、塩コショウを泡立て器で混ぜ合わせ、即席のレモンドレッシングを作る。

この頃には調子を取り戻すどころか、大好きな仕事で元気百倍になっていた。

「美月さん」

名を呼ばれて意気揚々と振り返る。

同じく長袖Tシャツとパンツ姿の政臣が立っていた。

髪が濡れているところからして、やはりシャワーを浴びてきたのだろう。

「あっ、政臣さん、おはようございます。もうすぐ朝食ができるので、リビングで待っていてください」

「……」

だが、政臣はその場から動こうとしなかった。忙しく立ち働く美月を目を細めて眺めている。

「政臣さん？　どうしました？　もうお腹が空きましたか？」

政臣は首を横に振ると美月の隣に立った。

ちょうど卵が茹で上がったところだった。

「誰かが自宅で料理する姿を見るのが初めてで……」

「えっ」

政臣の生まれ育った堂上家では料理は家政婦任せ。母が台所に立った姿など一度も見たことがないという。

久美子が家事をしたことがないとは聞いていたが、料理どころかお茶も入れたことがないと聞いて絶句した。

（お、お金持ちの奥様って皆そんな感じなの？）

なら、自分はまったく政臣には相応《ふさわ》しくないのではないか。

しかし、政臣は妙に嬉しそうだ。

「だからなのか、料理にもそこまで興味がありませんでした」

しかし、朝目覚めると隣に美月がいなかったので、バスルーム、トイレ、リビングルームとマンション内を探し回り、最後にキッチンに来たところで、野菜を切る規則正しいリズムが聞こえて思わず足を止めた。

「美月さんがあまりに楽しそうに料理していたので……」

愛《いと》おしい者を見る眼差しで美月を見下ろす。

「このまま見ていてもいいでしょうか？」

「そ、それはもちろん……。政臣さんは私の」

旦那様ですしと言葉を続けようとして、途端に頬が熱くなった。

もう体の隅々まで知る間柄なのに、自分たちは夫婦なのだと思い出すと、途端に照れ臭くなるのはなぜだろう。

それでも、小さな声でごにょごにょと呟いた。

「……その、旦那様ですし」

「美月さん……」

「はい？」

美月が何気なく顔を上げたタイミングで、政臣はほんのり染まった頬に唇を落とした。

「えっ……ちょっ……」

「歯は磨いたので大丈夫です」

そのまま唇を重ねられる。政臣の唇は少し乾いていた。

「そ、そういう、ことじゃなくて……んっ……」

腰から力が抜け落ちて、朝から蕩けそうになってしまう。

結局、ようやくたまごサンド作りに取りかかれたのは、卵がすっかり覚めた頃のことだった。

「本当は卵スライサーがあればもっと簡単なんですけど、こうして手間暇掛けるのもまた美味しいので」

卵を白身と黄身に分けて白身は粗めに刻む。黄身はスプーンでつぶし、マヨネーズ、塩、コショウ、砂糖、牛乳を混ぜる。

「牛乳も入れるんですか？」

「はい、ほんのちょっとですけど、これで味が馴染むんです」

続いて黄味《きみ》と粗みじんにした白身をざっくり混ぜ合わせる。

最後にあらかじめ焼いておいたパンに辛子バターを塗り、卵を均等に載せ、もう一枚のトーストで挟んで五分ほど置いてできあがりだ。

「これでたまごサンドとサラダは完成！　あとはコーヒーですね」

政臣宅には本格的なドリッパーセットが一式あった。

しかし、仕事に追われるうちにほとんど使わずに数年経っていたのだという。

「峠亭で美月さんのコーヒーを見つけたのもあって、仕舞《しよ》い込《こ》んだまま忘れてしまいました」

「あはは、よくあることですよ」

袖を捲り上げて準備を開始する。

政臣が自宅でよく飲んでいるコーヒーはやはりキリマンジャロで香りからして浅煎り。

挽《ひ》き目は細かかった。

（甘い香り……。サンドイッチに合うコーヒーができそう）

ネルではなく紙ドリップだが基本は同じだ。

紙フィルターをセットし、一度お湯を掛けて軽く洗う。紙独特の匂いを取るためと、容器を洗うためと、温めるためだ。

容器に堪ったお湯は捨てて、続いてコーヒー粉をフィルターにセット。

高温のお湯を注いでドリッパーの中の粉を混ぜる。

こうすると味を引き出すために蒸らす際、粉のダマがなくなり、全体的にお湯が浸透して美味しくなるのだ。

その後いよいよコーヒーを淹れるのだが、お湯を一分半から二分で注ぐ。

フィルターから滴が落ちきるのを待ってできあがりだ。

「はい、完成！　峠亭特製のたまごサンドセットです！」

「これは美味そうだ」

盆に乗せてダイニングルームに運んでいく。

モダンなテーブル越しに向かい合って腰を下ろし、「いただきます」と手を合わせて朝食が始まった。

政臣はもはや習慣なのだろう。まず、コーヒーカップを手に取った。一口飲んで「美味い……」と唸る。

「僕が淹れてもこう甘く、香り高くはなりません。やはりプロですね」

「あはは、ありがとうございます。サンドイッチもどうぞ」

「では、早速」

政臣はたまごサンドを手に取り、しばらく眺めたのちパクリと齧《かじ》り付《つ》いた。切れ長の目がわずかに見開かれる。

「……美味い」

先ほどから美味い、美味いばかりで語彙が少ないのが申し訳ないと呟く。

「材料に特別なものはなかったと思うのですが、なぜこのサンドイッチは普通に作った者より美味しいのでしょう?」

「種明かしをすると、たまごサンドの美味しさってマヨネーズが決め手なんです」

しかし、市販のマヨネーズはよほどのことがない限り、味が幾分薄めに作られていることが多い。

「製造コストもあるし、最近健康志向も強いですから。だから、ちょっと調味料を足して、味を濃くするんです。本当にそれだけなんですよ」

「説明されればそうかもしれないとは思いますが……」

政臣は瞬く間に一つ目を平らげてしまった。

「百聞は一食に如《し》かずですね。お代わりしてしまいそうです」

「そう思って三人分作りましたからどんどん食べてくださいね！」

こんなに楽しく賑《にぎ》やかな朝食は久しぶりだった。

峠亭が火災に遭って以来、毎日再建のことばかりを考えて、心に余裕がなくなっていたのだ。

（……政臣さんと一緒にいるとほっとする）

守られているのだと感じられるからだろう。

（政臣さんはどうだろう。料理は気に入ってくれているみたいだけど、私と一緒にいて楽しいかな？）

そうだといい。

だから、毎日帰って来るこの家が、政臣にとって安らぎの場となるように、精一杯妻として尽くさなければと頷いた。

（だって……私にはそれくらいしかできない）

紅林家の血は引いているが、愛人の娘で異母姉の身代わりなのだ。せめて暮らしの中で役に立ちたかった。

「政臣さん、今夜は何時頃に返りますか？」

「多分、七時半頃には」

「夕ご飯は食べますか？　冷蔵庫に鶏肉《とりにく》があったので、チキンステーキか唐揚げを作ろうと思っているんです。唐揚げならタレはショウガ風味にするつもりです。どちらがいいでしょう？」

「では、チキンステーキでお願いします」

「ニンニク入りでも大丈夫ですか？」

「力がつきそうなのでいいくらいです」

願わくは、この甘く幸福な時間がずっと続いてほしかった。

◆◇◆◇◆

近頃、緊急の案件がない限りは、就業時間が来るとすぐに帰宅するようになった。仕事を持ち帰ることもない。

ゆっくり美月と過ごしたいからだ。

「ただ今」

自宅マンションのインターフォンに話し掛けると、すぐにドアが開けられ、エプロン姿の妻が姿を現す。やはり朗らかな笑みを浮かべていた。

「政臣さん、お帰りなさい」

美月は結婚して以来、毎日笑っているように思う。料理をしている時にも、食事の時も、ベッドの中でもだ。

演技などではなく、心から幸福なのだと思いたかった。

「もうご飯はできています。今夜はリクエストどおりポークカレー。峠亭特製の味です！」

「それは楽しみです」

「お風呂ももう沸いているから。どちらを先にする？」

「美月さんはもう入りましたか？」

美月は首を横に振って自分の腕のにおいを嗅いだ。

「ううん、まだです。でも、カレーのにおいがついちゃったから、ご飯の前に入っておきたいかも……」

「なら、先に入浴にしますか」

美月の肩を抱き中へ入ろうと促す。

美月は目を瞬かせて政臣を見上げた。

「えっ……その……。先にお風呂って……」

「もちろん、一緒にです」

「……」

滑らかな頬がバラ色に染まる。

美月は恥ずかしそうに目を逸らしたが拒むことはなく、何も言わずにバスルームへ向かった。


背後に回りまずはエプロンの紐を引く。

「今日はどんなことをしましたか？」

「家事をして、あっ、それから久しぶりにお茶の教室へ行きました」

美月は良家の令嬢のように、ピアノを嗜《たしな》んでいるわけでもなければ、留学して英語が堪能なわけでもない。

だが、とにかくコーヒーを初めとして、ノンアルコールの嗜好飲料の学習には貪欲だった。

食事や喫茶の際の礼儀作法について学ぶべく、高校の頃から茶道教室に通っているのだという。

なるほど、峠亭でも働いていた頃にも、現在家事をする際にも、忙《せわ》しなさを感じさせないわけがわかった。

動きが機能的かつ上品なのだ。恐らく、茶道から立ち振る舞いを学んでいるのだろう。

峠亭のロゴマークのあるエプロンがはらりとマットの上に落ちる。

続いて、パンツに手を掛けてゆっくりと下ろした。

柔らかな線を描く臀部をレースのショーツが包み込んでいる。いつもは白やベージュなどの無難な色が多いのだが、今夜は少々刺激的なワインレッドだった。

血の色にも見えて心が滾《たぎ》る。

そういえば、美月と結婚して今日でちょうど二ヶ月。そして、今夜はこのマンションで初めて美月を抱いた日と同じ満月だった。

「手を上げて」

「……はい」

美月は言うがままだ。

羞恥心に上気した頬と、潤んだ伏し目がちの瞳にぞくりとする。

Tシャツをゆっくりと脱がすと、やはりワインレッドのブラジャーに覆われた、谷間のくっきりした豊かな胸が現れた。

ワイシャツとトラウザース、トランクスを脱ぎ捨てそっと裸の背に手を回す。

「あっ……」

ブラジャーのホックを外すと、結婚したばかりの頃より丸みを帯び、更に大きくなった乳房がふるりとまろび出た。

「……っ」

もう何度も見られ、揉まれ、吸われ、嚙られているのに、やはり胸を晒すのには抵抗感があるようだ。

そこが可愛く彼女を生まれたままの姿にするのを止められない。

下乳を掬うように持ち上げ、やわやわと揺らすと、可愛い唇からはあっと熱い息が吐き出された。

「あ……ん……やっ」

「そんなに嫌なのか？」

「……」

美月は慌てたように首を横に小さく振った。

「そう、じゃ、なくて……」

「なら、なぜ嫌だと言うんだ」

「そ……れは……」

束の間の沈黙ののち、「気持ち、よくて」と蚊の鳴くような声で答える。

「聞こえない。もう少し大きな声で」

「気持ち、いいから……」

レンガ色の大きな瞳が更に潤んだ。

「これじゃ、私、すごく嫌らしい女みたいで……」

妻のあまりの可愛さに分身がいきり立った。

「それの何が悪い」

「だ、だって……」

少し力を抜けばくずおれてしまいそうなのだろう。美月は胸に縋り付き、また大きく息を吐いた。

こうして彼女に頼りにされると、俄然張り切ってしまう。いつも被っている分厚い理性の仮面が外れ、愛も欲望も剝き出しの一匹の獣の雄と化す。

「——美月」

声を掛けるとレンガ色の瞳に自分が映っていた。これから彼女が見る男はもう一人だけなのだと思うと、愛おしさに思わず笑みがこぼれる。

「政臣さん？」

なんですかと聞かれる前に背と膝裏に手を回し、その柔らかな体を抱き上げた。

「ひゃっ！」

小さな悲鳴とともに首に細い腕が回される。胸板に柔らかな脇腹の肉と横乳が密着した。

美月の肌はまだ入浴してもいないのにしっとりとしている。

すでに彼女の体は男を——自分を受け入れる準備ができている。そう思うと背筋がぞくぞくとして、分身に血が集中するのが感じ取れた。

美月を横抱きにして浴室に足を踏み入れる。

元々このマンションはファミリー向けなのでバスルームは広い。

浴槽は一般家庭向けの長方形のそれではなく、大理石を模した台に埋め込まれた円形で、軽く二、三人は入れそうだった。

鏡も一回り大きく二人分の全身が確認できるようになっている。

壁には防水テレビも設置されているが、今日利用する機会はないだろう。

床に下ろして立たせた途端、美月が小さく悲鳴を上げて目を逸らす。

何事かと思いきや、鏡に映った自分の裸身に驚いたらしい。

「どうした？」

「え、えっと……」

目を伏せてもじもじとしているのが可愛くて堪らない。

「私の体、なんだかおかしくなっていませんか……？　こうして見るの久しぶりで……」

初夜以前の美月の体は女性の理想像と言ってよかった。

儚げな首筋に鎖骨から胸に掛けての柔らかなライン。豊かに実った白い一対の乳房。

腰は見事にきゅっと括れ、腿は蕩けそうなほどにまろやかだ。

ルネッサンスの画家がなぜ女体を描こうとしたのかが納得できた。

だが、男を知った今はその肉体は全体がより丸みを帯び、乳房と腿は豊かさを増し、肌は化粧品などなくとも潤いを帯びている。

彼女を変えたのは自分なのだと思うと、雄としての征服欲がまた湧いてきた。

「何もおかしくはない。美月、君は綺麗だ」

胸に抱き寄せシャワーの蛇口を捻る。

頭上からお湯が降り注ぎ、美月のレンガ色の髪を濡らした。

その一筋を掬い取って口付けると、ふと花と柑橘、コーヒーの入り交じった香りがした。

ずっと嗅いでいたくなる心地よさだ。

「いい香りだ」

どこか懐かしい香りだった。

洗い流してしまうなどもったいない気もしたが、どうせこれから湯にも他の液体にも濡れるのだ。

湯気が立ち美月の蠱惑的な肉体が湯気に隠れる。一部が見えなくなると一層彼女がほしくなった。

「政臣さん、お湯でよく見えない……」

「見えなくても感じればいい」

シャワーの下で美月の濡れた両の乳房に触れる。指と指の狭間で先端を挟んでやると、「んっ」と小さく可愛い声を上げた。

「今日は動いたかい？」

「う……ん。部屋中掃除したし、二駅遠いスーパーにも行ったし……」

ちょっと汗を掻いたかもしれないと呟く。

「じゃあ、念入りに洗おう」

「えっ……」

ボディソープは何種類か用意していたが、美月の体臭に一番よく似た柑橘系を選んだ。

泡立てたそれを手の平で掬い取り、汗が溜まっているだろう胸の谷間と下乳を洗ってやる。

美月が焦った声を上げた。

「ま、政臣さん、一人でできますからっ……」

「僕がやりたいんだ」

指先で胸の谷間の始まりをツンと小突いて指をねじ込んで輪郭を辿る。それだけでもう感じたらしく、美月は「あっ……」と目を瞬かせた。

「君は何もしなくてもいい」

優しく言い聞かせながら、今度はわずかに開いた脚の狭間に指を差し込む。

「あ……ん」

美月の体は誰よりも知り尽くしているという自負があった。どこをどう感じるのかも、汗と密の甘さも、喘ぎ声の高さもだ。

蜜口に第二関節まで埋め込み蜜を掻き出す。

「これはお湯じゃないな。もう濡れているのかい？」

「そ……れはっ」

湯のせいではなく白い頬が薔薇色に染まる。

更にざらりとした内側の敏感な箇所を掻いてやると、美月の体が一瞬大きく震えて足が折れた。

「……っ」

くずおれそうになった体を支える。

胸板に乳房が密着し、その先端が立っているのが感じ取れた。

「政臣さん、私、もう……」

「せっかちな子だな」

耳元でそう囁くと美月の体温が数度上昇した。嫌らしい女と言われた気がしたのだろう。

「だけど、僕の方がもっとせっかちだ」

濡れた体を再び抱き上げ、浴槽の縁に腰を下ろす。美月を横向きに座らせ、そっと火照った頬に口付けた。

「こんなにも君が可愛くて」

続いてそっと脚を開かせながら腰を持ち上げる。

「政臣さ――」

「もうこんなにも君が抱きたい」

美月の腰をゆっくりと下ろしていく。いきりたった屹立が美月のぬかるんだ蜜口に入り込んだ。

「あ……あっ」

美月は政臣の腰に両足を絡ませて身悶えた。いやいやと首を横に振るのがたまらなく可愛い。

自分の中に眠っていた雄としての嗜虐心に驚く。同時に、泣かせたいのは美月だけでもあった。

ずんと美月の最奥に達した感覚がする。

体の重みでいつもより深く入り込んでいるように感じた。

「……っ」

美月ははあっと大きく息を吐いたかと思うと、ぎゅっと首と頭にしがみつく。頼れるのはあなただけだとでも言うように。

彼女の早鐘を打つ心臓の音が聞こえる。この世のどの命よりも愛おしい音だった。

もっと乱したくて美月の腰に指先を食い込ませる。

「あっ……」

腰を揺すぶると嬌声がバスルームに響き渡った。

美月はしばしぐったりとしていたが、まだ若いからかすぐに体力を取り戻した。

激しすぎだと愚痴りつつも、髪と体を乾かし、パジャマを身に纏う。

「おいで」

ベッドの前に佇む美月に手を差し伸べると、自分でも滑稽だと感じるほどの優しい声が出た。

「は……い」

美月はおずおずと手を取ったかと思うと、その丸みを帯びた肩を猫のように擦り寄せた。

彼女のこんなところが可愛いと思う。

長年しっかり者の一人娘として母と峠亭を支え、しっかりと立って生きてきたからだろう。甘え方を知らないように感じた。

だが、こうして導いてやると、遠慮がちにではあるものの、徐々に歩み寄ってくる。そんなところも猫に似ていた。

甘えられるとますます可愛くなり、もっと甘やかして自分に依存させたくなる。

小さな後頭部に手を回して、まだ湿った髪をよしよしと撫《な》でてやると、美月は幸福そうに目を閉じた。

「政臣さんの胸、すごく温かいです……」

「美月さんも。まだお湯の熱が残っているのでしょうか」

お湯ではなく情事の名残なのだろうが、美月が恥ずかしがるので言わなかった。

また頬を染めた顔を見たくもあったが、バスルームでさんざん言葉責めをし、堪能したのだ。これ以上は美月が嫌がるだろうと思ってしなかった。

彼女とともに暮らしていると、欲望が理性を打ち負かそうとする瞬間がよくある。

その度におのれを叱り付けるのはなかなか重労働だったが、それは幸福の証《あかし》でもあり、彼女が離れていくよりはずっとよかった。

そろそろ十一時なので灯りを消し、眠ろうとしたところで、美月が「あの……」と口を開く
「政臣さん、明日の午前は仕事なんですよね」

「はい。土曜日なのにすみません」

「いいんです。お仕事なんですから。実は私も用事があって、その時間は出掛けるので……」

彼女の母の陽子が大分回復し、起き上がれるようになったので、見舞いに行くのだそうだ。

「午後には戻りますから」

――美月の母。

彼女の病状もあったし、他にも事情がいくつもあって、実はまだ一度も会ったことがなかった。

ならば、一度挨拶しなければならない。愛する妻の生みの親なのだから。

生みの親なら浩一郎もそうだが、あの男は生物学上の親でしかない。

「……いいえ、急ぐ必要はありません」

美月の耳元にそう囁き、耳にそっと口付ける。

「ひゃっ、ま、政臣さ……」

「僕もお見舞いに行ってもいいでしょうか？」

美月は驚いて目を凝らして政臣を見上げた。

「えっ、でも、お仕事で……」

「調整します。お会いしてみたかったんです。お母様にも確認してもらえるでしょうか」

＊＊＊

美月の母は倒れたばかりの頃入院していた病院から、現在治療中の重病の専門医がいるところへ転院していた。

効果的な治療の甲斐《かい》あって回復しつつあり、まだしばらくはかかるだろうが、そのうち退院できるのだという。

彼女の入院する個室は、手配しておいた通り、見晴らしのいい高層階にあった。

「お母さん、入るね」

美月が声を掛けてドアを開ける。

陽子はすでにベッドから体を起こし、文庫本を読んでいるところだった。

「あら、いらっしゃい。待っていたわ」

「初めまして。堂上政臣と申します。今日はこのような格好で申し訳ございません」

政臣が丁寧に頭を下げると柔らかに頬笑《ほほえ》む。やはり親子、笑い方がよく似ていた。

「素敵な人ねえ。スーツがよく似合っているわ」

「言った通りでしょう？　今日のケーキはお母さんの好きなモンブラン」

「ありがとう。ここの食事は結構美味しいんだけど、やっぱり時々食べたくなってね」

市販のケーキを食べられるところからして、陽子の回復は順調なのだと見て取れた。

「あっ、もちろん、明治堂で買ってきたから」

美月は持参の花束とケーキを窓辺のテーブルの上に置いた。

落ち着きのあるダークブラウンの木目調で、テーブルだけではなくベッドも、サイドチェストも、壁の一部も同じ柄に統一されている。

病室というよりはホテルの一室に見え、患者がリラックスして過ごせるよう随所に配慮されていた。

この病院の改築には堂上共同建設コンサルタントも関わった。

政臣は完成以降何度か足を運んだのだが、医師の腕、医療の質、患者からの評判、大学や製薬会社との付き合い、すべて文句なしの病院だった。

陽子を転院させるならここだと決めていたのだ。

美月は花瓶を手に取り、「お水、汲《く》んでくるね」と笑った。

「ええ、お願いするわ」

「政臣さん、ちょっと待ってくださいね」

ドアが閉められ陽子と二人きりになる。

「そんなところで立っていてもなんですから、どうぞ」

勧められて窓辺の椅子に腰を下ろし、改めて「美月さんにはお世話になっております」と頭を下げた。

「いきなり僕と結婚すると聞いて驚いたでしょう」

「ええ、それはもう」

美月は政臣と結婚後、陽子に正直に経緯を説明したのだという。峠亭再建の資金と陽子の医療費と引き換えに、政臣と結婚することになったのだと。

紅林の養女になって嫁ぐのだから、誤魔化しきれないと踏んだのだろう。

「まさかねえ、あの人が今更現れるなんて……。父親像は綺麗なままであってほしかったのに」

陽子は深い溜め息を吐いた。

「でも、あなたがいい人で安心しました。初めは十以上も年の離れた男性だと聞いて、ちょっと心配していたんですよ」

「いい人そうだ」ならともかく「いい人」と言い切ったので違和感を覚える。

陽子は苦笑しつつ文庫本を閉じて枕元に置いた。

「仲良くなった看護師さんがちらっと漏らしたんです」

陽子の医療費を負担しているのは政臣なのだと。

「あの子は紅林さんがお金を出しているのだと言っていましたが……」

陽子は浩一郎を紅林さんと他人のように呼んだ。実際、美月の父親というだけで、彼女自身にとってはすでに他人なのだろう。

「おかしいと思ったんですよ。あの人は別れた女に情を掛けるような、そんな殊勝な人ではありませんでしたから」

「お義母《かあ》さん……いいえ、陽子さん、違うんです」

「あら、お義母さんで結構ですよ」

「……では、お義母さん」

陽子は政臣と美月の結婚自体は嫌がっていないように見えた。

「いくつか誤解が。そもそも負担は僕が申し出たことなんです。紅林社長は当初お義母さんの医療費をすべて支払うつもりでした」

峠亭の再建資金もだ。

「ですが、美月さんは僕の妻になるのだから、僕が出すのが筋だと思ったんです。いくらなんでも実の父に買われるなど、あまりに美月さんが気の毒です。結納金という形なら不自然でもありませんから」

政臣がそう浩一郎に申し出ると、浩一郎は余計な金を掛けなくてよくなったと喜んでいた。自分は物わかりのいい婿を手に入れたとも。

余計な金とはなんだ。血を分けた娘を、美月をなんだと思っているのだと腹が立った。ぐっと理性で押さえ付けたあの憤りは忘れられない。

「この件は美月さんには教えないでいただけるでしょうか」

「あら、あの子は知らないの？」

「はい。……きっと気にするだろうと思って」

美月は責任感ある娘だ。自分が峠亭の再建資金や医療費を賄っていると知れば、ますます自分に尽くそうとするだろう。

それは、政臣の望むところではなかったはずだった。少なくとも、美月と結婚したばかりの頃は。

だが、今は――。

「ねえ、政臣さん」

陽子はまた美月を思わせる微笑みを浮かべた。

いいや、美月が陽子に似ているのだろう。

以前、美月は自分が浩一郎に似ていると言っていたが、政臣からすればそれはあくまで容姿だけでしかなかった。

「あなたはやっぱり優しい人だわ。何か他にも理由があってそうしているのでしょう？」

「……」

答えられずに黙り込む。

本心を誤魔化すことも、他人をけむに巻くことも得意だったはずなのに、陽子の前では通用しない気がした。

陽子は「それだけで十分」と頷いた。

「どんなきっかけでも、どんな立場でもいいの。私は美月と一緒になる人は、あの子を第一に思ってくれる人がいいと思っていた……。どうかこれからもあの子をよろしくお願いしますね」

「もちろんです」

政臣は今度こそ陽子の視線をしっかりと受け止めて頷いた。続いて懐からＩＣレコーダーを取り出す。

「それから、美月さんがいない間にもう一件確認したいことが……」

「あら、何かしら」

「峠亭の設計や、内装や、雰囲気や、なんでも構いません。覚えていることを教えていただけませんか。ああ、そうだ。僕の連絡先も渡します」

峠亭は美月にとっては生活の糧を得るためだけではない。彼女を育んだ大切な場所なのだともう知っている。

だから、できる限りそのまま再現してやりたいと考えていた。

しかし、設計図はなんとか入手できたものの、内装の詳細まではわからない。

美月がスマホで撮影していた写真やネットの口コミだけでは限界があった。

だから、現在陽子だけではなく常連客からも聞き取り調査もし、より詳細な情報を収集しているところなのだ。

陽子が面白そうにふふっと笑う。

「これも美月に秘密にしておくのね？」

「ええ、はい。……サプライズで喜ばせたくて」

どうにも照れ臭い。

だが、その気恥ずかしさを嫌だとは思わなかった。

◆◇◆◇◆

——今週末は政臣の休日だ。

この頃、仕事が忙しいようで、休日出勤や半休が多かったので嬉しかった。

政臣は連日の出勤で疲れているだろうから、自宅でのんびりしたいだろう——そう思い込んでいたので、この日は腕を振るって料理するつもりだった。

ところが、政臣に「今日は外へ行きませんか」と誘われたのだ。

「外……ですか？」

「ええ。僕たちはお互いを何も知らずに結婚したでしょう？　二人で出掛けたこともまだ新婚旅行くらいで」

なるほど、夫婦でのデートらしい。

（デート……）

考えるだけでワクワクドキドキした。

「はい、行きましょう！　でも、どこへ……」

美月はまともな旅行は新婚旅行が初めてだった。デートももちろん初体験だ。

それだけに、どこへ行って何をすればいいのかわからない。

「美月さんには希望するところはありますか？」

「えーっと……」

尋ねられてもやはり思い付かなかった。

映画、遊園地、動物園、水族館、ショッピング――一般的なデートはそんなところだろうか。

「では、僕に任せてもらってもいいですか？」

「えっ、はい」

政臣が連れて行ってくれるところならどこでもよかった。

翌日の午後、政臣が車を出してくれ、美月は隣の席に乗り込んだ。

美月は車に詳しくない。

しかし、日本車にはない洗練されたデザインと、青みがかったシルバーグレー、見慣れないエンブレムと快適すぎる乗り心地から、外国産の高級車なのだとはわかった。

すでに何度か乗っているが、助手席に座るのはいつも少々緊張する。緊張と言ってもワクワク、ドキドキ交じりなのだが。

それは車のせいではなかった。

(だって、ここに座るとカップルって気分)

カップルどころか夫婦なのだが。

そう思うとまた照れ臭くなってしまった。

(いつかこの感覚にも慣れるのかしら)

慣れたら慣れたできっと穏やかな思いに浸れるのだろう。飽きるだろうとはまったく考えなかった。

政臣は車で首都高速を通って再び下道へ出ると、銀座の一角のビルの駐車場に駐車し、

「さあ、行きましょう」と美月を振り返った。

今日の政臣のファッションはグレーのジャケットにネイビーカラーのパンツ、交じり気

のないブラックのチェスターコートだ。

　どれも手触りや質感から上質なウールを使用しているのがわかる。

　飾り気のないシンプルなスタイルだったが、政臣のスタイルにも雰囲気にもよく似合っていた。

（素敵な人って何を着ても素敵なんだな）

　自分も政臣に合わせ、オフホワイトのニットにパンツ、ベージュのトレンチコートを着てきたが、果たして彼の隣に立つに相応しい女なのかどうかが気になった。

「美月さん」

　ごく自然に手を取られてドキリとする。

　もう手を繋ぐどころか体の隅々に何度も触れられた手だ。

　なのに、いまだに恋に落ちたばかりの少女のようにときめいてしまう。

「あの、ここって……」

　銀座なのだとはわかるが、一体何を目当てにやって来たのか。

「到着するまでのお楽しみです」

　店の前にまで連れて来られてようやく気付いた。

　ショーウィンドウに大島紬《おおしまつむぎ》の着物が展示されている。

「あっ、この呉服屋さんって……」

美月が通う茶道の講師に着物の購入ならここだと勧められた、江戸時代創業の呉服の老舗の本店だった。

だが、当然この店で買い物などしたことはない。

何せ、一着数十万から数百万するのだ。純喫茶のバリスタ兼、料理人兼、ウェイトレスが出せる金ではない。

洋服でも稽古はできると聞いていたので、いつか一着と憧れつつも、今日までレンタルの着物しか身に纏ったことはなかった。

なるほど、政臣が自分を喜ばせるために、見学に連れてきてくれたのだろう。感動し、「ありがとうございます」と笑みを浮かべた。

「ここ、格式が高そうだから、自分一人で入る勇気がなくて。政臣さんは来たことがあるんですか？」

「いや、私自身は……。外商担当が時折実家に来ていたんです」

なんと、政臣の亡き祖母や母は自宅に呉服屋を呼び付けていたのだという。

なお、結婚式での白無垢もこの店で購入したのだそうだ。

やはり、生まれ育ちが違うのだと背筋から冷や汗が流れ落ちた。

ともあれ、憧れの着物、それも一流品を見られるのは嬉しい。

「入りましょうか」

「はい！」

そのまま手を繋いで自動ドアを潜った。

すぐさま着物姿の中年の男性と女性が現れ、「いらっしゃいませ」と深々と頭を下げる。

男性は雰囲気と政臣の態度からして店長らしかった。

ウェイトレスの性で美月もつい「こちらこそ」と挨拶し返してしまう。

「堂上様、奥様、お待ちしておりました。本日はごゆっくりご覧下さい」

「わあ……」

美月は目を輝かせて店内を見回した。

松や菊、椿《つばき》や梅と、冬を連想させる植物の柄が多い気がした。

斜め後ろにさり気なく控えて立つ、先ほどの女性に声を掛ける。

「この柄、菊ですか？」

「はい。菊柄でもまんじゅう菊と呼ばれております。万の寿と書いて万寿菊とも。この通り丸く立体的にデザインされているので、華やかで」

「ポップさもあって可愛いですね。あっ、こっちも素敵」

どの着物も魅力的で目移りしてしまう。

だが途中、ある一着の着物の前で足が止まった。

桜色にもバラ色にも見える、落ち着きのあるピンクの着物だった。

（綺麗な色……）

店員の女性がタイミングを見計らって説明してくれる。

「こちらは色無地ですね」

白生地を黒以外の一色で染めた着物の総称で、中でもこの色は長春色《ちょうしゅんいろ》と呼ばれているのだという。

「若々しいけど落ち着きもあり、若い女性に人気のお色です。色無地は一枚あると便利ですよ」

カジュアルにもフォーマルにも使え、お茶会の着物の定番でもあるのだとか。

「あっ、そうなんですか。知りませんでした」

「洋装の方と交じっても華やかさで負けませんし、帯でいくらでも印象が変えられますから。よろしければ試着されますか？」

「えっ、でも……」

試着すると買わなければならないのではと不安だった。

「いいえ、結構――」

「では、よろしくお願いします」

自分の代わりに政臣が答えたのでぎょっとする。

「あ、あの、政臣さん……」

「一度白無垢以外の美月さんの着物姿を見てみたかったんです。夢を叶えてくれませんか」

切れ長の目が愛おしそうに細められる。

（ずるい……。そんなこと言われたら断れないじゃない）

「じゃ、じゃあ、お願いします」

「では、こちらへどうぞ」

店員はさすがプロ。途中、合いそうな帯や小物を見繕い、美月を連れて試着室へ向かった。

試着室は畳敷きの十二畳ほどの一室だった。鏡台や着物用ハンガーに掛けられた着物が何着も並べられている。

他の客とバッティングしないかと心配だったが、幸い誰もいなかったので胸を撫《な》で下ろした。

それにしても、今日は週末だというのに客入りが少ない。いくら高級店とはいえ、もう少し人がいてもいいのではないだろうか。

「なんだかお店を独り占めしている気分です」

コートを脱ぎながら何気なくそう口にし、「それは本日は貸し切りですから」との返事に目を剝いた。

「えっ……ええっ？」

「ですから、ご試着は何着でも、ごゆっくりどうぞ」

ますます何か買わなければならないのではないかという思いに駆られる。

（いつか着物は欲しいと思っていたけど……こんなにいきなり！　待って。ローン組めるのかしら？　でも、私今無職だし……）

心を千々に乱されつつも、促されるままに着物に腕を通した。

「あらっ、スタイルがよろしいですね」

「そ、そうでしょうか？」

「これは補正用下着が必要ですね。少々お待ちくださいませ」

長襦袢《ながじゅばん》、着物を着せられ、腰紐《こしひも》を回される。続いて伊達締《だてじ》め、帯を腰に巻かれた。

「まあ、よくお似合いです！　色白ですから長春色がよく映えて」

「そ、そうでしょうか？」

「せっかくですから髪も整えましょうか」

店員が電話を掛けると、すぐにもう一人の女性が現れた。こちらは三十代ほどだろうか。

「こちら、本日ご予約の堂上様。セッティングしてくださる？」

「かしこまりました」

鏡台の前に座らされ、髪を結い上げられる。

「堂上様、綺麗に赤みがかったブラウンですね。地毛ですか？」

「あっ、はい、そうです」

「まあ、羨ましい」

お世辞だとわかっていても嬉しかった。

この髪の色が浩一郎から遺伝したものだと知った時、父として好きになれないのもあって、自分の容姿が忌まわしく、嫌で、嫌で仕方なくなった。

陽子に似たかったと悔し涙を流した。

だが、今は違う。

政臣がベッドの中で必ず指先に絡め取り、愛おしそうに口付けてくれるからだ。

彼が愛してくれる自分を丸ごと受け入れられるようになっていた。

「せっかくですから小さめのコサージュでちょっと華やかにしましょうか」

「あっ、お任せします」

髪を結い上げ、編み込み、コサージュをあしらう。軽くメイクまでしてもらった。

試着にしては随分と本格的だ。

これはやはり買わねばならぬのだろうと覚悟を決める。

「さあ、仕上がりましたよ。お疲れ様でした」

恐る恐る鏡の中の自分に目を向け、白無垢とはまた違った印象に感動する。

あの時は覚悟を決めた表情だったが、今は眼差しが柔らかになっていた。

「わあ……ありがとうございます。私、白無垢以外着たことがなくて」

成人式もレンタル料が掛かるからと、無難にスーツにしたのだ。

「まあ、でしたら、今から揃えていかなければなりませんね」

「あ、あはは……」

この色無地だって帯や小物とセットで軽く百万円を越えそうなのにと冷や汗を掻いた。

「増田《ますだ》さーん」

試着室のドアの向こうから店員の女性の声がする。

「もう終わりましたか?」

「はい、メイクもばっちりです」

「じゃあ、堂上様をお呼びしてもいいかしら？」

「えっ……」

美月は思わず声を上げた。

「政臣さんが来ているんですか？」

「それはもちろん。やはりご主人にお見せしなければ！」

ヘアメイクに促され、すでに用意されていた草履を履く。

シャンパンゴールド地に金糸の織り込まれた華やかな逸品だった。

「せっかくですからお揃いのバッグもどうぞ」

「あ、ありがとうございます……」

扉が開けられ恐る恐る外に出る。

政臣は来客用の椅子に腰掛け、傍に控えた店長と談笑していたが、美月にすぐに気付いて腰を上げた。

「美月さん……？」

美月の頭から爪先までを見下ろし、最後に顔をまじまじと見つめる。

凝視されすぎて穴が空きそうだった。

「に、似合うでしょうか……？」

政臣は目を瞬かせていたが、やがてはっとして「……綺麗だ」と呟いた。

「こんなに綺麗なら、もっと早くに着せればよかった」

美月はこの時やっと気付いた。

政臣はどうやら気分や感情が高ぶった際、口調が丁寧語ではなくなる。ベッドの中でも「美月さん」ではなく「美月」と呼び捨てにしていたと思い出した。

つまり、「綺麗だ」とは政臣の本心なのだろう。

喜びと気恥ずかしさが血流に乗って全身を駆け巡る。

「あ、ありがとうございます……」

そう礼を述べるのが精一杯だった。

政臣は店長を「さすがですね」と褒《ほ》め称《たた》えた。

「コーディネートも一流です」

「いえいえ、奥様がお美しく、なんでも着こなしてしまわれるからですよ」

「確かにそうですね。僕は幸せ者です」

「……」

大真面目に妻自慢をされ、頬が熱くなるのを感じた。

だが、やはり嬉しい。世界中の人々に称賛されるより、政臣の「綺麗だ」――その一言が嬉しくてたまらなかった。

（なんだか脱ぎたくなくなっちゃったな）

仕方がない。九十万しかない貯金をはたき、残りはローンを組んでもらおうと頷く。

このようにようやく覚悟を決めたところだったので、次の政臣のセリフには仰天したどころではなかった。

「それでは、今妻が着ているものを一式お願いします」

「コサージュは商品ではないので、デザインが似たものでもよろしいでしょうか？」

「はい、結構です。美月、選んでおいてくれ」

「ま、政臣さん？」

政臣は美月がわたわたする間に、店長に連れられ、商談コーナーの別室にさっさと入ってしまった。

慌ててあとを追おうとしたのだが、女性店員に引き止められてしまう。

「コサージュをご覧いただけますか？」

「あっ、はい。ええっと……」

そうこうしているうちに、政臣が支払いを済ませて戻ってきた。

「やっぱり綺麗だ」と言われ、照れ臭くて口籠もってしまう。

「美月さん、これから食事に行くけれども服装はどうしましょう？　着替えますか？」

店内の壁掛け時計を見上げると、すでに午後五時を過ぎていた。

美月にはあっという間に思えたが、やはりショッピングや着物の試着には時間がかかるようだ。

「食事ってフレンチでしたっけ」

「はい、そうです」

五つ星ホテルの高層階でのディナーだと聞いていた。

（東京の夜景に敵うかはわからないけど……）

今夜は政臣の目に着物姿の自分を焼き付けたかった。

「じゃあ、このままがいいです」

「かしこまりました」

店長は着物を脱ぎたくなれば、呉服屋の裏手にある美容室に行くといい。朝九時から午後九時までなら大丈夫だと教えてくれた。

どうやら先ほどヘアメイクをしてくれた女性は店長の身内で、やはり銀座で美容室を経営している女性らしかった。

再び政臣に手を取られて店を出る。

駐車場に到着したところで、美月は「……あの」と政臣の端整な横顔を見上げた。

「こんなに素敵な着物をありがとうございます」

まさか、誕生日でもクリスマスでもないのに、着物一式をプレゼントされるとは思わなかった。

高かっただろうにと恐縮してしまう。

政臣は唇の端に笑みを浮かべた。

「喜んでもらえたのならよかった」

以前、美月が茶道教室に通っていると聞き、だが、着物をまだ持っていないと聞いて、ずっとプレゼントしたいと考えていたのだそうだ。

「僕が美月さんの着物姿を見たいというのが一番の理由ですが。不純ですね」

「そんな」

「さあ、行きましょう」

車に乗り込み予約を入れたフレンチレストランを目指す。

美月は運転する政臣におずおずと話し掛けた。

「あのう……前にも言った通り、私フレンチレストランは初めてなんです。もし、カトラリーの使い方を間違えたらごめんなさい」

「大丈夫ですよ。誰でも最初はそうです。僕も今でも時々間違えますよ」

「えっ、政臣さんが？」

「そう考えると日本のお箸は合理的ですよね。ご飯に使ってもよし、おかずに使ってもよし」

「確かに！」

（……政臣さんは優しい）

自分を馬鹿にすることもなく、時には自分がピエロになってまで和ませ、こちらを尊重してくれる。

きっと妻に対してだけではない。皆にそうしているのだろう。家族にも、友人にも、妹にも。

そう思えるからこそ、美月は政臣が好きだった。

（……好き？）

思わず頬を押さえる。

（そう、私、とっくに政臣さんが好きになっていたんだ……）

遠く眺めるだけの憧れの男性から、いつの間にか愛する夫になっていた。

（政臣さんも……そう思ってくれているといいな）

窓の外を流れゆく夕暮れ時の街並みを眺める。

ふと、以前よりも幸福そうなカップルや夫婦、家族連れが目に入る自分に気付いた。

（……私、幸せなんだな）

そう思いに耽《ふけ》る間に車はホテル前に到着した。


生まれて初めてのフレンチレストランには、政臣により予約が入れられていた。

「どうぞこちらへ」

ギャルソンに案内されたその場所は、八畳ほどの二人きりの個室だった。

窓に沿う形でテーブルと椅子が置かれている。コロニアル風のインテリアは洒落ていながらも居心地がいい。

照明はテーブルの上のキャンドルと、天井のほのかなライトだけだった。その理由が今目にしている夜景なのだとすぐにわかる。

東側は一面の窓ガラスになっていて、闇を背景に白、青、赤、緑、黄、さまざまな色彩の明かりに染まる東京を一望できた。

感動し、緊張も忘れて「綺麗……」と呟く。その声にグラスにワインを注ぐ音が重なった。

「気に入ってもらえたのならよかったです。ちょっとドキドキしていたので」

政臣のこの一言には驚いた。

「えっ、ドキドキ？　政臣さんがですか？」

「ええ。僕は美月さんを喜ばせる術をまだそれほど知らない。だから、プレゼントをするにしろ、食事をするにしろ、そのたびに緊張しています」

女性を喜ばせる術ではなく、自分を喜ばせる術と言ってくれたのが嬉しかった。

政臣の周囲に山といるだろう、美しく、賢く、家柄もいい大勢の女性の一人ではなく、自分一人を見ていると言われた気がしたからだ。

「そんな……」

ワインを一口飲んで水面に目を落とす。

「その、政臣さんがしてくれることならなんでも嬉しいです……」

野の花を摘んでくれても感激していただろう。

「だったらよかった」

政臣は目を細めて笑みを浮かべた。

心からの笑顔に見えた。

このバラを思わせる長春色の色無地のように、あなたのためだけに咲く花になりたい——

——政臣を前に美月は心からそう思った。


その夜、美月はホテルの一室で政臣に抱かれた。

すでに着物は美容室で脱いでいたが、コサージュで結い上げた髪だけはそのままにしてもらっていた。

「着物を脱がせてみたかったのですが……」

抱き合いながら政臣の一言に笑ってしまう。

「結構大変なんですよ？　帯なんて結構重いですもん」

「仕方がない。それまでせいぜい修業しておきますか」

「もう、なんの修業ですか」

政臣は腕の中の美月の髪からコサージュを抜いた。はらりとレンガ色の一筋が零れ落ちる。

「美月さんの髪は綺麗ですね。レンガ、ブロンズ、紅葉、オレンジ味を帯びたバラ……なんにでも例えられる」

政臣の言葉に掛かると、自分の髪が世界で一番美しいように思えた。今まで赤みがかったブラウンとしか認識していなかったのに。

そして、政臣の瞳にさえ美しく映っていればもう十分だった。

「――美月」

政臣はそっと美月の腰に手を回した。

政臣はベッドをともにする時、「美月さん」ではなく「美月」と呼ぶ。

美月はどちらの呼び方も大好きだった。

政臣が自分の名を口にするだけで、世界で一番幸せな気持ちになれるのだから。

そっと口付けられて目を閉じる。

初めは優しかったキスは繰り返される間に徐々に激しくなり、やがて後頭部に手を回され上向かされた。

その拍子にわずかに開いた隙間から熱い舌が滑り込む。

以前こうしたキスをされると、恥ずかしくてつい逃げ腰になっていたが、今は違う。

どうすればいいのかを知っている。

美月も政臣の両脇に手を差し入れてその情熱に応えた。

ぴったり合わさった唇と唇の狭間で二枚の舌が絡み合い、唾液が混じり合う。

時折呼吸のために数センチの距離を取っては見つめ合い、また唇を重ね合っては微笑み合った。

政臣がより深く美月を胸に包み込む。

ジャケットとシャツ越しなのに、もう燃えるように熱い。

また唇を離したのはどちらからだったのか。

唾液が銀色の糸になって二人を繋いでいたが、政臣がそれを断ち切って美月の唇の輪郭を辿った。

大きな手の平が美月の頬を覆う。眼鏡の向こうの黒い一対の瞳が美月だけを映していた。

「……今夜の君は可愛く見える」

政臣には可愛いと何度囁かれただろうか。だが、何度聞いても心がむず痒くなって嬉しい。

「きっと明日も、明後日も、一年後も、十年後も……」

政臣は歌うように呟きながら、美月をそっと横抱きにした。

なんだかおかしくなって腕の中でくすりと笑う。

「美月？」

「私、昔いつか好きになった人に、こうして横抱きにされるのが夢だったんです。絵本で読んだんだったかな……」

今思えば白馬の王子様に憧れていたのだろう。

「政臣さんは私だけの王子様……」

そっと手を伸ばして指先でその頰に触れる。

政臣は優しく微笑みながらベッドに美月を下ろした。

「僕が君だけの王子様なら、君は僕だけのお姫様だな」

シーツの上にレンガ色の髪が広がる。

政臣が伸し掛かるとベッドがギシリと音を立てた。

「だけど、三十路の王子はありか？」

政臣には珍しい冗談にまた笑ってしまった。

「私だけの王子様だから、何歳だっていいんですよ」

「……勇気付けられるよ」

政臣は目を細めてその一房を指に絡めた。

「今夜は王子様だから優しくする」

言葉とともに眼鏡を外し美月の首筋に唇を落とす。

軽く吸われると肌に赤い花が散った。

首筋にゾクゾクとした感覚が走る。

ニットとパンツを脱がされ、ブラジャーとショーツだけになると、今度は一気に肌寒くなった。

だが、すぐに政臣の愛撫に温められる。

大きな手の平が全身を撫でさすった。

「あ……ん」

政臣の体温が染み込んで。それだけでもう気持ちがいい。

背に手を回されブラジャーを剝ぎ取られても、もう初夜のような心許なさは覚えなかった。

もっとも、恥ずかしさはどうにもならないのだが。

薄闇の中でふるふる揺れる白い乳房を政臣の両手が包み込む。

「んんっ……」

美月の胸は抱かれ続けることでより豊かになっており、大きな政臣の手からもはみ出していた。

くせのない漆黒の前髪が美月の右胸に触れる。

「あっ……」

続いて熱い舌先で胸の頂を舐められると、鼻に掛かった喘ぎ声が漏れ出た。

「ん……ふ」

政臣は左胸を揉み込みながら、ちゅうちゅうと音を立てて右の乳房を吸う。

「……っ」

時折吸う強さを変えられ、「んあっ」と身を捩らせた。

政臣が顔を上げる。

「灯りの下で見る君は……綺麗だ」

そのセリフにはっと我に返る。

いつも抱かれる時には室内の灯りを弱めるのに。今夜はそれがまだで裸の体を光に晒されている。

どうにも落ち着かない。

「ま、政臣さん、電気、消してくれませんか」

蚊の鳴くような声で訴えたが、政臣は「どうして?」と微笑むばかりだ。

「どうしてって……」

今更恥ずかしいとはなんとなく言い辛い。だから、先ほどの王子様ネタを盾に突っぱねた。

「王子様なら、お姫様の願いを叶えてくれるんじゃないんですか?」

「……」

政臣は切れ長の目を細め、やがて「すまない」と苦笑した。

「ここだけは王子様になれそうにない」

「そ、そんな……」

「こんなに綺麗な体、見ずにいられない」

「……あっ」

今度は左胸に吸い付かれ、反射的にその頭を抱き締めてしまう。

「美月」

名を呼ばれ恐る恐る目を開ける。

「僕だけが君を見るんじゃない。君にも僕を見てほしい」

「……」

不意に手を取られて厚い胸板に押し当てられる。左胸の奥で心臓が力強く脈打っていた。

「これから君を抱く男の体を目に焼き付けてほしい」

「政臣さん……」

政臣はジャケットを、続いてシャツを脱ぎ捨て、ベッドの下にパサリと衣擦れの音を立てて落とした。

筋肉質の引き締まった肉体が露わになる。

その古代ギリシアの彫像のような肉体美に見惚れた。

ズボンを下ろすとトランクスの下の雄の証はすでにいきり立っていた。

思わず目を逸らしたのだが、もう一度「見て」と頼まれ恐る恐る視線を戻す。

「君にも僕を知ってほしい」

赤黒いそれは一見グロテスクな肉塊でしかない。だが、美月は確かにその形を体で知っていた。

恐ろしくはあったが目が離せない。

「……美月」

再び伸し掛かられたその時には、政臣の肉体に圧倒されており。もう灯りがついていることすら忘れていた。

今度は臍の近くに口付けられる。

「んっ……」

ちろちろと周囲を舌で舐められると、位置が子宮に近いからだろうか。腹の奥が熱を持ち、足の間が潤う。

「美月さんはここも感じるのか」

美月がビクビク震えるのに気付き、政臣が嬉しそうに呟いた。

「もう君の体は隅々まで知っていると思っていたのに」

「す、隅々って……」

「触れていないところはまだ他にあるだろうか？」

体を起こして美月の耳たぶを舐る。

「あっ……」

ふっと息を吹きかけられると肌が粟立った。

その感覚に耐え切れずに思わず政臣の髪を摑む。なんとか引き離そうとしたのだが、手が小刻みに震えて力が入らなかった。

その間にも両の乳房を手で捏ね回されて頭がクラクラする。

「美月さんは胸が弱いんだな……。いいや、どこもかしこもか」

違う。触れられたところから性感帯に変化していくのだ。

「政臣、さんのせいです……」

涙目で抗議する。

「政臣さんに抱かれると、私、いつも本当に、おかしくなって……なのに」

政臣は余裕があるように見えて悔しかった。

「美月、何を言っているんだ」

政臣はそれこそ王子様のように美月の右足を手に取ってその爪先に口付けた。

「こんなにも君のことしか考えられないのに」

熱い唇と舌が足の爪先から膝、膝から腿、腿から臍へと戻る。

再び胸の谷間に顔を埋められた時には、全身を味わわれたように感じて、羞恥心を散らすために大きく息を吐いた。

美月ももう政臣のことしか考えられない。

腿に手を掛けられ、ぐっと力を込めて大きく開かれても、もう溜め息しか出なくなっていた。

政臣の視線が花弁の輪郭をなぞる。

「もう濡れているね。ほら、ここも」

指先で花芯を剝かれるように弄られると、体がビクビクと反応して乳房が淫らに揺れた。

「……これも、政臣さんの、せいです」

政臣は美月の抗議に対し荒い息を吐きながら、おのれの猛る分身を蜜口にあてがう。

「……王子様としては、光栄だな」

その先端は情欲に今までになくかたくなっていた。

美月は思わず腰を引こうとしたのだが、隘路は怪しく蠢いて政臣の雄の部分を受け入れてしまう。

「あ……あっ」

じゅくじゅくと体に押し入れられるごとに、敏感な内壁を押し広げられ、震えるほどの快感に身を捩らせる。

肉の楔が最奥に達する。

「……っ」

シーツを握り締めてその衝撃をやっとの思いで耐えた。

この衝撃にだけは慣れることがない。だからこそ、快感でもあるのだが——。

「美月……」

秀麗な額から落ちた汗が美月の胸の谷間に落ちる。

「君を、愛している」

その言葉は快感に溺れる美月の耳には届かなかった。

肉の楔が最奥に二度突き立てられる。

「あ……あっ……ああっ」

息を吐いて感覚を逃そうとしたが、素早く唇を塞がれて逃げ場を失った。

「ん、ん、んんっ……」

呼吸も喘ぎ声も奪われ身悶えることしかできない。

政臣はそんな美月の腰をぐっと摑んだ。

美月の体を上下させ、時には左右に揺すぶり、ぐちゅぐちゅになった体内を激しく掻き回す。

「ん、んん……んんっ！」

政臣の爪が柔らかな肉に食い込んだが、もはや痛みなど感じなかった。

ようやく口付けから解放されたが、快感に息を吸うのも忘れて再び呼吸困難に陥る。

「あ……んっ」

溜まっていた涙が目の端から零れ落ちる。

政臣はその滴を舐め取りながら、ずんと腰を突き上げた。

「あっ……」

新たに浮かんだ涙がシーツに飛び散る。その涙も政臣から与えられる快感に熱せられていた。

「あ……あっ……政臣さん……」

息も絶え絶えに喘ぐことしかできない。

「あ、あ、あ……」

なのに、隘路は政臣を逃すまいと、しきりに収縮してその逸物を締め付けた。

繰り返しじゅく、じゅくと最奥を抉られるうちに、政臣の名すら口にできなくなる。

代わって噎ぶような熱い息が喉の奥から吐き出された。

「ああ……ん……んふっ……」

政臣が腰を打ち付けるごとに厚い胸板で美月の胸の先を擦られる。

唾液に濡れ、すでに薔薇色にぷっくり立っていたそれが、更に色を濃くして腫れていった。

「美月……」

「……っ」

隘路に満ち満ちる雄肉が一回り大きくなるのを感じる。同時に、律動が速まり互いの肌に浮かんだ汗が飛び散った。

全身が小刻みに痙攣する。大きく目は見開かれ、両足の爪先がピンと伸びる。額から汗が流れ落ちる。

「んぁっ……」

目の奥で何かがチカチカ光ったかと思うと、意識がパンと音を立てて四散する感覚がした。

「……っ」

弓なりに体を仰け反らせる。

視界が真っ白になって何も考えられない。

「ああ……」

政臣が体を起こし、重みが取れても、美月は呆然としたままだった。

「……達った？」

「……」

答える気力もない。

政臣はそんな美月の体に再び覆い被さった。

乳房が政臣の胸板で押し潰される。

「――美月」

政臣は美月の唇に二度軽く口付け、虚ろな美月のレンガ色の目を覗き込んだ。

「……君は僕を愛しているかい？」

重低音の慣れ親しんだ声に、バラバラになっていた意識がまとまり、美月としての形を取り戻す。

「私、は……」

初めに脳裏に浮かんだのは政臣の黒い瞳だった。

「好き……です」

なんの作為もなくそう答えていた。

「あなたが……大好き。私を……離さないで……」

次の瞬間、息も止まるほど強く、深く胸に包み込まれる。

「離すものか」

決して離さないと政臣は呟いた。

「……」

その温もりに心から安堵する。

「本当に、離さない……？」

「ああ、もちろんだ。頼まれたって離すものか」

美月は政臣の言葉を聞いて、花が綻ぶような微笑みを浮かべた。

「……嬉しい」

その微笑みに政臣が見せられている間に、意識がゆっくりと沈下し、眠りの闇の中へと落ちていく。

「美月？」

政臣に声を掛けられたが、瞼の重さには逆らえなかった。

「……大好き」

もう一度そう呟いた。

＊＊＊

政臣との結婚生活は順調に、何事もなく過ぎていくように思えた。

毎朝政臣のために朝食を準備し、出勤するのを見送り、その間家事を済ませ、政臣の好物を作って「お帰りなさい」と出迎える。

政臣は近頃、行き帰りにキスしてくれるようになった。一度ドアノブに手を掛けるのだが、すぐに振り返り、「美月さん……」と名を呼びながら軽く唇を重ねる。

美月はその瞬間、自分は世界で一番幸福な花嫁だと思えるのだった。

いつしか、政臣とは身代わりの政略結婚だったことすら忘れていた。

それほど幸福で、これから先も幸福なのだと疑いもしなかった。

——ある朝のことだった。

美月のスマホに電話が掛かってきた。

液晶画面に表示された名を見て、もうすぐ政臣の帰る時間だと、うきうきしていたのが一気にじめっとした気分になる。

紅林浩一郎と表示されていたからだ。

それでも出ないわけにはいかなかった。

「はい、もしもし。美月です」

『来月の件を覚えているか？』

「……」

挨拶もせずにいきなり用件だ。

美月を娘と認識しているのかも怪しい。部下に対してもこれほどぞんざいではないだろう。

だが、もう慣れてしまっていた。

（この人は……こういう人なんだ）

人間を上か下かでしか判断できない。対等な横の繋がりを想像できない。

初めて浩一郎と面会した際、彼が語っていた異母姉、香織についての評価を思い出す。

『まったくあれの我が儘にも困ったものだ。好きにさせすぎたと後悔しているよ』

娘を大切に思うのなら「あれ」などと表現しないし、好きにさせすぎることもないだろう。

親とはただ子に餌を与えるだけの存在ではない。子をあれがほしい、これがしたいと泣《な》き喚《わめ》く欲望だけの動物から、社会性の備わった人間に教育する義務がある。

そうした責任も果たさずに果たして親と言えるのか。

だが、人間的には好きになれなくても、浩一郎に恩があるのも事実だった。

浩一郎の資金援助がなければ峠亭の再建など不可能だったし、陽子を専門医のいる病院に転院させることも不可能だっただろう。

だから、その分は返さなければならなかった。

「来月の件とはパーティのことでしょうか？」

もうじき美月が披露宴を挙げたホテルで、紅林建設と堂上共同建設コンサルタントの社員の懇親会がある。

役職のある社員一同だけではなく、その妻や子女も出席する大規模なものだった。

『ああ、何があろうと必ず出席するように』

「……承知しました」

電話を切り溜め息を吐く。

(行きたくないなあ……)

だが、政臣も出席するのだ。彼に恥を掻かせないためにも、気合いを入れなければならない。

「……よし」

こんな時にはコーヒーを淹れようと頷く。

身も心も癒やされるふわふわのカプチーノがよかった。

中煎りの粉を用意し、買ったばかりのフレンチプレスに入れ、お湯を注いで三分待つ。

フレンチプレスは簡単にできるのに、豆の油分まで抽出してくれるので、コーヒーが濃厚でまろやかな仕上がりになる。

続いてフォームミルク作りだ。

耐熱容器にミルクを入れてレンジで一分三十秒。できたホットミルクをすぐにホイップすると、見る見るうちにふわふわの泡が立つ。

このふわふわミルクをコーヒーに注いでできあがりだ。

せっかくなので軽くココアパウダーをかけ、四つ葉のクローバーのラテアートを描いてみた。

なかなかうまくいったのでついにんまりしてしまう。

「ただ今」

帰宅のチャイムの音が鳴り響き、インターフォンから政臣の声が聞こえたのは、カプチーノを半分飲んですっかりリラックスした頃のことだった。

「お帰りなさい！」

「ん？　いい香りがしますね」

政臣はいつものようにビジネスバッグを美月に手渡すと、その細い腰に手を回し、そっと唇を重ねた。

「カフェラテですか？」

「惜しい！　カプチーノです」

「う〜ん、ちょっと悔しいですね」

なお、カフェラテとカプチーノの違いは、注ぐミルクの泡が多いか、少ないか程度でしかない。

「いいですよ。正解にしてあげます」

美月は政臣の後頭部に手を回した。

同じだけの甘さのキスを返す。

政臣は黙って美月の唇を受けていたが、キスが終わり距離を取ると、「……何かありましたか?」と首を傾げた。

まったく、勘の鋭い夫だった。

「……どうしてわかったんですか?」

「美月さんがカプチーノを飲む時はストレスが溜まっている時、カフェラテを飲む時はリラックスしている時なので」

まさか、そこまで自分の生態を把握されていたとは。

「ストレスってほどでもないんですけど……」

一瞬、先ほどの電話について打ち明けようかと思ったが、すぐに思い直して口を噤んで政臣の胸に頬を埋めた。

「美月さん?」

政臣の体温を感じながら思う。

(だって、私が本当は行きたくないって言えば、政臣さんはだったら行かなくてもいいって言う)

多少会社や親族間で立場が悪くなろうと、自分を心配してパーティへの出席を取りやめるだろう。

（こんなに大切にしてもらっているのに、これ以上の我が儘は駄目。政臣さんにも恩返しをしなくちゃ）

笑みを浮かべて眼鏡の向こうにある切れ長の黒い目を見上げる。

「実は、今日のビーフストロガノフちょっと失敗しちゃったんです。スパイスが強かったかも？」

「美月さんは完璧主義だから」

よかった、美味く誤魔化せたと胸を撫で下ろす。

（大丈夫。パーティなんて夜の数時間なんだから）

それさえ乗り切ればいいはずだった。

企業間の懇親会だとの触れ込みだが、実質的には親族間の交流会のようなものだ。

だからこそ、皆妻子同伴で招待されているのだろう。招待客の顔ぶれは結婚式とほぼ同じだ。

だが、結婚式とは決定的に違う点があった。

（今日私は政臣さんの妻として招待されている）

また、結婚式では親族たちと話す時間はなく、挨拶程度だったのだが今回は違う。

妻として試される可能性があった。

「美月さん、大丈夫ですか？」

美月の緊張を感じ取ったのだろう。政臣はそっと肩を抱いてくれた。

「無理をしなくても構いません」

美月は笑顔で政臣を見上げた。

「いいえ、せっかく皆さん集まっているんですから」

気合いを入れるため今日はあの色無地の着物で来たのだ。政臣のためにもこのパーティを成功させなければならなかった。

パーティはバンケットルームを借り切っての立食形式だった。

すでに皆ワイングラスを手に談笑している。

あらかじめ名簿を渡されていたので、招待客は把握していたが、念のためにバンケットルーム内をぐるりと見回した。

浩一郎も今日は妻の貴和子《きわこ》同伴である。

美月は彼女の顔を見るのは初めてだった。

貴和子は愛人の娘の顔など見たくもなかったのだろう。また、自分の娘が花嫁となるはずだった結婚式を、その愛人の娘に乗っ取られたのも面白くなかったに違いない。挙式にも披露宴にも病気を理由に欠席していたのだ。

（仕方が……ないよね）

先ほどの出来事を思い出す。

会場に到着するが早いか、まず真っ先に主催者である浩一郎夫妻のもとへ行き、挨拶をしたのだが、貴和子の自分への態度は露骨なものだった。

『まあ、政臣さん、お久しぶりです。お元気でしたか？　結婚式には出席できなくてごめんなさいね』

『ええ、この通りピンピンしております。貴和子さんは……』

『もちろん、元気ですよ。あなたの顔を見られて嬉しいわ』

敵意ある視線を向けられたのでもなければ、この泥棒猫と罵られたわけでもない。政臣の隣にいるのに綺麗に無視されたのだ。

代わりに政臣が「失礼な」と怒ってくれたが、美月自身は無理もないと諦めていた。

（私だって貴和子さんと同じ立場だったら、冷静でいられるかどうか分からない……）

それでも、パーティ自体は和やかに進行していった。

政臣と一緒にいたからだろう。美月も様々な招待客に話し掛けられた。

「堂上部長、こちら、昨年末から我が社に入社したウマル・シャヒン氏です」

三十代で出身はトルコなのだという。また、母国ではかなり上流階級、かつエリートだった。

「日本ノ優レタ建築技術ヲ学ビタイ思ッテ来日シマシタ。ドウゾヨロシクオ願イシマス」

ムスリムでアルコールが禁止なのだろうか。ウマルの手のグラスにはアイスコーヒーが注がれていた。

だが、パーティもすでに開始から一時間が経っているのに、ほとんど減っていない上にグラスには水滴がついている。

(あ、もしかして……)

美月は何気なく声を掛けた。

「日本のアイスコーヒーには馴染みがありませんか?」

「エ、エエ。ソウナンデス」

ウマルはなぜわかったと目を瞬かせている。

「トルコとは作り方が違いますからね」

「ハイ、ソウ。ソウナンデス」

トルコの伝統的なコーヒー、トルココーヒーはコーヒーの粉を煮出して作る。

当然、苦みが強く濃い味になるので、砂糖を多めに加えて飲むか、甘い菓子を添えるのが一般的だった。

「私もトルココーヒーは大好きです。時々自宅で作っていたんですよ」

「エッ、本当デスカ？　日本デトルココーヒーヲ好キダト言ッテクレタ人ハ初メテデス」

ウマルの目が今度はぱっと輝いた。

「私、バリスタなんです。世界中のコーヒーを味わうのが仕事兼趣味で」

「ソレハ素晴ラシイ！　トコロデ占イハシマシタカ？」

「もちろんです！」

政臣は話が見えないのか、美月とウマルを交互に見て首を傾げている。

美月は笑いながら種明かしをした。

「トルココーヒーって占いができるんです」

まず、トルココーヒーの上澄みだけを飲んで、カップの底に沈殿した粉は残しておく。

続いてソーサーをカップの口に被せ、ソーサーごと引っ繰り返す。

そのまま三分待ち、カップを引っ繰り返して中を確認し、残った粉が描く模様で占う。

「船や橋なら仕事運、コインなら金運、鳩《はと》なら恋愛運、花なら幸運が舞い込んでくるという意味があるんです」

「へえ、知りませんでした」

政臣が感心したように頷いている。

ウマルがすかさず美月に尋ねた。

「美月サンハドンナ結果デシタカ？」

「……」

美月はちらりと隣の政臣を見上げた。

「その、鳥とダイヤモンドの模様が……」

「鳥トイウコトハキット鳩《はと》デスネ。ナルホド、ナルホド。コレハ残念デス」

ウマルはアハハと笑って政臣の肩を叩いた。

「政臣サン、アナタハ幸運ナ方ダ」

政臣には話が見えなかったのだろう。ウマルが立ち去ってもまだ首を傾げていた。

「何がなるほどだったんだ？」

「……」

美月は頬を染めつつ政臣の腕に手を添えた。

トルココーヒー占いで鳩は愛に恵まれる予兆。ダイヤモンドはプロポーズを意味すると知っていたからだ。

一方、政臣は気を取り直したのか、それにしてもと美月を見下ろした。

「美月さんは博識ですね」

「コーヒーについてだけですよ」

「いいえ、専門知識はそれだけで武器です。現にウマル氏は美月さんが気に入ったようですし」

今日の政臣は少々おかしい。いつもなら手放しで褒めてくれるのに、面白くなさそうに見える。

「あのう、政臣さん、私、何か失敗してしまったでしょうか？」

「いいえ、美月さんは何も。ただ……」

そこから先を言おうとしない。

「ただ、なんでしょう？」

「……美月さんの魅力に気付くのは僕だけでよかったのにとつい思ってしまいました」

美月はしばし呆気に取られていたが、やがて足下に目を落として胸を押さえた。

（そうだったんだ……。嫉妬、してくれたんだ……）

ウマルが残念だと言ってくれたのは、あくまで取引先の役職者の妻に対するお世辞だろう。

なのに、政臣は焼き餅を焼いた。

（政臣さんってこんなに可愛いところもあるんだ）

にやけてしまいそうになるのを堪える。

「私は、政臣さんだけの妻ですよ」

笑顔で政臣を見上げてそっと寄り添う。

「政臣さんだけのものです」

「……そうですね」

政臣は微笑んで美月の背に手を回した。


パーティも終わり近くになると、皆さすがに疲れたのか、用意されていた椅子に思い思いに腰掛けていた。

あと十五分もすればお開きだ。

（よかった。無事に終わりそう）

一息吐いてアイスティーを一口飲む。

だが、氷が溶けており美味しくない。

帰って口直しに本格派のアイスティーを入れようと、気を取り直したその時だった。

今になって新たな招待客が会場に足を踏み入れたのだ。

二十代半ば頃の若い女性で、すぐにどこかで見たことがあると気付いた。

（でも、一体どこで……）

隣の政臣がグラスを手にしたまま呆然としている。

「香織さん……？」

「えっ、香織って」

――浩一郎の妻が産んだ娘。つまり、異母姉ではないか。

既視感があったのも当然だった。

香織は浩一郎、そして異母妹の自分にも似ていたのだから。

「どうして……」

それきり言葉が出てこない。

香織は家出したのではなかったのか。なぜドレスを着てパーティにやって来たのだろう。

「香織！　今までどこに行っていた！」

浩一郎の怒声に我に返る。

浩一郎はつかつかと香織に歩み寄ったかと思うと、肩を摑んで会場の外に連れて行こうとした。

「パパ、痛い！　乱暴な真似は止めてよ！」

「止めてよじゃないだろう」

「あなた、やめてください」

二人の間に第三の人物が割って入る。

――貴和子だった。

「この子は私が呼んだんです。一昨日《おととい》帰ってきてくれたんですよ。だから……」

「何がだからだ！」

浩一郎は自分たち親子に注目する招待客の目に気付いたのだろう。すぐに外面を取り戻し愛想のいい笑みを浮かべた。

「お騒がせして申し訳ございません。このあとは皆様思い思いにお過ごしください」


こうしてパーティは思い掛けぬ人物の登場で幕を引いた。

いや、招待客らは皆帰宅したが、浩一郎と貴和子、そして香織。また、政臣と美月にとってはこれからが修羅場の始まりだった。

貴和子、香織を連れて会場から出る際、浩一郎は政臣を呼び密かにこう耳打ちした。

「政臣君、申し訳ないのだが、この場に残ってくれないか」

相当、焦っていたのだろうか。その声は少々大きく、近くにいた美月の耳にも届いてしまった。

続いて美月を振り返り命令口調で告げる。

「美月、帰りなさい。君には関係のない話だ」

雰囲気からして関係ないとは思えなかった。

浩一郎が立ち去ったのち、美月は「私、待っています」と政臣に返した。

「ですが、どれだけ掛かるのかわかりません」

「なら、私今夜このホテルに泊まります。話し合いが終わり次第部屋に来てください」

これには政臣も断る理由が見つからなかったらしい。

「わかりました。恐らく遅くなると思うので、先に休んでいてください」

政臣の指示通りフロントに向かい、まず空いていたツインルームを取る。だが、不安でシャワーを浴びる気にもなれず、着物姿のまま室内で味気ないミネラルウォーターを飲んだ。

だが、疲れているはずなのに眠れない。

（政臣さん、まだかな……）

政臣は三十分経っても、一時間経っても部屋に来なかった。

さすがに遅いと感じて電話を掛けたのだが出ない。仕方なくフロントに連絡を入れ、政臣にいつ終わるのか確認してくれと頼むと、まだ話し合っている最中だとの返答だった。

「夫はまだバンケットルームでしょうか?」

「いいえ。スカイラウンジの個室、フェニックスにいらっしゃいます」

「そう、ですか……。ありがとうございます」

このままでは埒《らち》があかない。

美月は体を起こしてスカイラウンジへ向かった。

スカイラウンジにはフロントとは別の受付があり、IDカードがなければ入れないようになっている。

「失礼します。わたくし、フェニックスで話し合いをしております、堂上の妻の美月と申します。夫はまだ時間が掛かりそうでしょうか?」

カードキーと身分証明書を見せると、受付はすぐに個室に連絡を取ってくれた。

だが、すぐに切って「お忙しいようですね……」と唸る。

「よろしければお近くでお待ちください」

「……ありがとうございます」

仕方なくロビーのソファに腰を掛ける。

それから更に五分、十分待ち、十五分経ってようやく曲がり角から政臣の声が聞こえた。

浩一郎も近くにいるらしく、何やら揉めている様子がうかがえる。

思わず立ち上がり、駆け寄ろうとして足が止まった。

「――お断りします。今更何をおっしゃるのですか？」

「君にとっても悪い話ではないだろう。なんと言っても香織は私の妻の娘だ。母親の貴和子の実家も建設業界に強いコネクションがある。だが、美月の母親は所詮どこの馬の骨とも知れぬ女に過ぎない」

自分の名が出たのでその場に立ち尽くす。

（……一体なんの話をしているの？）

なぜ香織や貴和子、陽子まで話に出てくるのだろうか。

理解できずに混乱する美月の耳に、残酷な一言が飛び込んでくる。

「第一、君たちはまだ籍を入れていないだろう？　別れたところでなんの問題もない。あれには手切れ金を追加で渡せばいいだけの話だ」

（籍を、入れていない？）

そんな馬鹿なと首を横に振る。

（別れたところでなんの問題もない？　手切れ金？）

言葉の意味がまったくわからない。わかりたくない。

「君もこうなるかもしれないと予想していたから、あれと籍を入れずにいたのではないかね」

それ以上浩一郎の暴言を聞いていられず、じりじりと後ずさり身を翻《ひるがえ》す。

「あっ、堂上様？」

受付の声など耳に入らなかった。

（嘘。そんなはずはない。籍を入れていないだなんて）

政臣の妻ではなかっただなんて。

脳裏に政臣との幸福な日々が走馬灯のように次々と過る。

政臣がそんなことをするはずがないと、信じ切ることができればどれほどよかっただろうか。

だが、心のどこかでああ、やっぱりそうだったのかと納得する自分もいた。

政臣はあまりに優しすぎた。身代わりの政略結婚とは思えないほど、今日までの日々が幸福すぎたのだ。

美月は部屋に戻ると荷物をまとめ、チェックアウトをしてホテルを出た。

タクシーを拾って乗り込み行き先を告げる。

「広尾……いいえ、人形町までお願いします」

行き先は母と暮らしていたアパートだ。

とにかく今は一人になりたかった。

翌日、区役所で戸籍を確認すると、案の定、美月は未婚のままだった。政臣と新しい家庭を持った記録はない。

政臣を信じたかったが、浩一郎の言っていた通りなのだと思うと、奈落の底に突き落とされた気がした。

戸籍抄本をぐしゃりと握り潰す。

（政臣さんも最初からこうなることがわかっていて、香織さんを待つつもりだったの？）

なら、覚悟を決めた自分はマリオネットのように、浩一郎と政臣に都合のいいように操られていたということになる。

胸の奥がズキリと痛む。

「……私って馬鹿ね」

なのに、意志のある人間なのだと勘違いして、いいように踊らされて――。

唇を噛み締め胸の痛みに耐える。

（泣いちゃダメ）

泣いたら今度こそ崩れ落ちてしまいそうだった。

これからどうするべきなのかとその場に立ち尽くす。通行人と肩がぶつかり、「あんた、危ないよ。ぼーっとしているんじゃないよ」と叱られ、ようやく我に返ってのろのろと駅に向かった。

政臣と暮らすマンションに戻り、いけないとは思ったものの家の中を捜し回る。

二人の署名、捺印《なついん》のされた婚姻届は政臣のビジネスバッグの中に仕舞われていた。バレないようにきっといつも持ち歩いていたのだろう。

(出す気なんてなかったんだ)

こうなる日が来るまで隠し通すつもりだったのか。

婚姻届を胸に抱き締めたままその場に座り込む。

(……これからどうしよう)

政臣との暮らしを続ける選択肢は有り得なかった。

(だって、私は政臣さんの妻ではない)

何を求めることもできなければ、求められる立場でもない。つまり、自由ということだ。

だが、なんと虚《むな》しい自由なのか。

誰かの母であること、妻であること、娘であること――。

人は時に人間関係をしがらみと呼び、わずらわしく思うこともあるが、同時に絆《きずな》でもあり、不安定で瞬く間に変化していく世の中と自分を繋《つな》ぎ止《と》めている糸なのだとも思う。

美月のアイデンティティはすでに陽子の娘以上に政臣の妻になっていた。それだけに、突然その縁を断ち切られて、行くべき道がわからなくなっている。

(私、やっぱり政臣さんが好きなんだ……)

裏切られていたと知った今でも眼鏡の奥にある黒い瞳が脳裏に浮かぶ。

それでも、これ以上そばにはいられないと思った。

バッグのスマホがブルブルと震える。画面を見るとやはり政臣からの着信だった。

電話には出ずに放置していると、間もなく留守番電話に切り替わる。

後から聞いてみると「今どこにいる?」「心配している」「もう家にいるのか?」と入っていた。

だが、今はすべてが虚しい。

震える手で別れのメッセージを打つ。

政臣と会おうものなら泣きじゃくり、感情的に問い詰めてしまいそうで怖かった。

逃げているだけだとわかっていても、現実と向き合う勇気がまだなかった。

第四章　パーフェクトな旦那様からのプロポーズ

美月が母の陽子と暮らしていたアパートに戻って二日が過ぎた。

――母が帰ってきた時のためにと、大家に部屋をキープしてもらっておいて正解だった。一週間に一度は掃除をしに帰ってきていたので、中が綺麗だったのも幸いだった。

すべては今となってはだが。

美月は窓辺に手を掛け、ぼんやりと空を見上げながら、ブルブルと震えるスマホに目を向けた。

また政臣からの電話だったが、取らずに留守番電話にしておいた。

スマホには三十分ごとに着信履歴が残されている。もちろん、すべて政臣からだった。

メールも何件も届いており、「話し合いたい」「説明したい」と書かれている。

だが、今はすべてが虚しく電話を掛け直す気力も、返信する気力も残されていない。

婚姻届の提出は政臣に任せていたが、まさか結婚自体を偽られるとは。

（私は……政臣さんにとってなんだったの？）

いくら考えてもわからない。だからといって、政臣から答えを聞くのも怖い。

八方塞がりの中でまた電話が入った。

また政臣かと思いきや、相手は浩一郎との初対面後、養子縁組と身代わり政略結婚の条件を提示した、弁護士の所属する法律事務所の電話番号だった。

なんの用かとバーをスライドさせスマホを耳に当てる。

「はい、もしもし……」

『お忙しいところ失礼致します。わたくし、三宅《みやけ》総合法律事務所の事務員の森田《もりた》と申します。今お時間よろしいですか』

電話の用件は以下のようなものだった。

『紅林様との養子縁組の件と、堂上様との婚姻の件について、三宅よりお話がございます。ご都合よろしい日時をお伺いしたいのですが……』

それから数日後、美月は結婚前浩一郎と話し合ったホテルのラウンジの個室で、あらためて紅林家の弁護士と話し合いの場を持った。

「堂上……井出さんにはご迷惑をおかけします」

挨拶ののちの弁護士の第一声がこうだった。

「今回、少々話が複雑になっております」

香織が政臣との結婚を嫌がり、家出したところまでは本当らしい。弁護士はその辺りは言葉を濁していたが、どうも恋人ができたからではないかと察せられた。

浩一郎はその後結婚式に間に合わせるために、急遽《きゅうきょ》愛人の娘の美月と養子縁組をし、身代わりとすることで体裁を保った。

政臣もこの件を承知していたはずだった。

「ですが、どうもそうではなかったのか。あるいは他に理由があったのか……いずれにせよ、まだ美月さんと籍を入れてはいなかったようです」

また、まだ結婚して半年足らずなので、内縁関係にすら至っていないのだという。

「これって……結婚詐欺じゃないんですか」

震える声でそう尋ねる頃には、テーブルのコーヒーはすっかり冷めていた。

弁護士も口をつけていない。

「政臣さんは……私と別れて香織さんと結婚し直すつもりですか？」

「……その点については守秘義務に関わりますので申し上げかねます。結婚詐欺については……堂上さんと話し合っていただければ。本日は養子縁組解消の件についてお話に参りました」

なるほど、やはり香織が舞い戻ってきたので、美月はもう用済みということなのだろう。まだ戸籍の汚れていない政臣と今度こそ結婚させるつもりか。

胸の奥がズキリと痛んだ。

「もちろん、慰謝料はお支払いいたします。今後、喫茶店の経営を立て直すためにも、条件を呑んだ方がよいのではないかと」

弁護士が差し出した見慣れぬ書類の一枚は養子縁組解消のための必要書類。もう一枚は解消するに当たっての慰謝料等の条件が提示された書類なのだという。

「納得いただけるようでしたら、こちらに署名、捺印をお願いします」

「……」

「この場では決めかねるということでしたら、後日家庭裁判所へ離縁調停を申し立てることになります。ただ、そうなったところで多少条件が変更になるだけとは思」

「……わかりました」

美月は膝の上で拳を握り締めた。

（私は……捨て駒でしかなかったの）

なら、捨て駒が惨めに暴れたところでどうにもなるまい。諦めるしかないのだと自分に言い聞かせるしかなかった。

（いい夢を見たと思おう）

椅子から立ち上がりながら唇を噛み締める。バッグから印鑑を取り出し、同意書に捺印し、署名をして更に虚しくなった。

（これだけで……紅林さんとの親子関係が解消されるの）

政臣との結婚にいたっては、籍すら入れていなかったのだから、なんの手続きをする必要もない。

今日から別れて暮らせばいいだけだった。呆気なさ過ぎて実感もなかった。

「こちらでよろしくお願いします」

「ありがとうございます」

弁護士は書類を封筒にしまうと、「それでは」と席を立った。最後に「まったく、嫌な仕事ですよ……」と呟く。

美月は一人誰もいない店内に取り残され、しばしその場で呆然としていたが、やがてのろのろと立ち上がりテーブルに手をついた。

「……そう。私には、まだ峠亭があるじゃない」

当初望んでいた峠亭の再建は叶ったのだ。

「そうよ。また前みたいにコーヒーを淹れて、オムライスを作って……」

それでも、以前政臣にストレートコーヒーを淹れた時のような、甘く、優しい一時は戻ってこないのだろう。

また胸の奥がズキリと痛む。

今度はそう簡単に痛みは治まらなかった。

「うっ……うぇっ……」

その場にしゃがみ込み、声を押し殺して泣きじゃくる。

たった半年間の夢のような新婚生活だった。きっと一生忘れられないのだろう。

――もう二度と恋なんてしない。

美月はそう心に誓った。

＊＊＊

美月と連絡が取れない。

政臣は苛立ちに任せて電話を切った。今日もまったく出てくれなかった。メールやSNSのメッセージの返信もくれない。

初めは事態が把握できずに混乱し、しかも行方もわからなかったため、警察に捜索願を出そうとしたほどだ。

しかし、翌日美月からメッセージが入ったことで、ひとまず行き先は確認できた。

メッセージには「弁護士さんから事情を聞きました」とあった。

全身から血の気が引く音がした。

美月はまだ籍を入れていないことを知ってしまったのだ。

マンションに帰宅し、すぐに予備のビジネスバッグの中を確かめ、婚姻届がないのに気付き唇を噛み締めた。

恐らく、美月が探して抜き出したのだろう。

『私は実家に帰ろうと思います。たくさん助けていただいて感謝しきれません。どうぞこれからもお元気で』

しかも、文面からは美月は別れるつもりなのだと伝わってくる。

違う。誤解だと訴えようとして、何度も連絡を取ろうとしたのだが、美月は二度と会うつもりはないのだろう。

下町の実家を訪ねても、陽子の入院先を訪ねても、会ってくれることはなかった。

先週、是が非でも話し合わなければと、美月の実家のアパートを訪ねた。

美月は居留守を使うことはなかったが、会話はインターフォン越しで、顔を見せてもくれなかった。

「美月、誤解を解きたいんだ。婚姻届を出さなかったのは、君と結婚したくなかったからじゃない。僕は……」

『……わかっています』

美月の声は落ち着いていた。

『政臣さんが私を助けようとしてくれたことは。峠亭の再建や母の転院では本当にお世話になって……。これ以上、迷惑を掛けるわけにはいきません』

「迷惑だなんてありえない」

だが、美月は「帰ってください」と繰り返すばかりだった。

『政臣さんも忘れてください。そもそも、私たちはすれ違うだけの関係で、今までがおかしかったんです』

その口調からは二度と会うまいという意志が感じ取れた。

他人からすれば美月は一見か弱い、なんの力もない若い女性にしか見えないだろう。

しかし、政臣は彼女の心の強さを知っていた。一度決めると貫き通す、意外な頑固さもだ。

だから、その場では引き下がるしかなかった。

とはいえ、生まれて初めて愛した女性なのだ。諦め切れるはずもない。

今こうして一人薄暗い、肌寒い部屋にいるだけで、彼女の存在がどれだけ大きかったのかと思い知らされる。

今更さっさと婚姻届を出しておけばよかったと溜め息を吐く。

だが、美月には好きな男がいるはず。無理矢理夫婦になったところで、彼女の気持ちを無視することになり、それはそれで後悔しそうな気がした。父と同じところに堕《お》ちてしまう。

しかし、もう美月がいない人生など考えられない。赤みを帯びたブラウンの髪から漂う、ストレートコーヒーの香りが恋しかった。

一体、どうすればあの日々を取り戻せるのか。考えても、考えてもわからず、ベッドの端に腰を下ろして手を組む。

三十分後、ドアベルが鳴らなければ一晩中そうしていたかもしれなかった。

一体誰が尋ねてきたのかと首を傾げる。

マンションのセキュリティをパスし、コンシェルジュと顔見知りで、この部屋のドアベルを押せる身内は数少ない。

美月と、残り一人は——。

インターフォンをオンにする。

『お兄ちゃん、新製品お届けに来ました〜！　それから来春の新メニューの試作品も』

この明るい声は妹の玲美だった。

『実はチビも一緒なんだけど、美月さんに大丈夫か聞いてくれる？　あっ、ワインも持ってきたから』

玲美は堂上家を出て自立し、名家出身でもエリートでもない、だが、人柄のいい男性と恋愛結婚している。

夫婦二人三脚の共働きで家事も折半。とにかく仲のいいおしどり夫婦だった。三年前には子どもも生まれている。

玲美の勤め先は外食チェーン店本部の企画部で、時折こうして舌の肥えた政臣に、試作品や新製品を試食してもらっているのだ。

『美月さん、飲める人だっけ？』

政臣はようやく二週間前、玲美と会う約束をしていたのを思い出す。玲美が美月に会いたがっていたことも。

今日が初めての顔合わせになる予定で、美月も玲美に会うのを楽しみにしていた。

『政臣さんの妹さん、どんな人なんでしょう。政臣さんによく似ていますか？』

だが、今となっては何もかも虚しい。

鍵を開け玲美と甥《おい》っ子《こ》の聡《さとし》を迎え入れる。

「お邪魔しま〜す！……って、お兄ちゃん、どうしたの。ゾンビみたいな顔になっているけど」

玲美はすぐに室内の寒々とした空気に気付いたらしい。

「美月さんは？　まさか、ケンカとか？」

「ケンカ……みたいなものかな」

ケンカならまだよかった。ぶつかり合うことができるのだから。

「なんだか深刻そうね。……こんなお兄ちゃん、お母さんが死んだ時以来かも」

玲美は根掘り葉掘り聞くつもりはないらしく、さっさとダイニングに向かい電気をつけた。

「まあ、とにかく食べようか。チビもお腹空いているし」

促されるままに席に着く。

玲美がキッチンで料理を温め直す間に、聡は腰を下ろした政臣の膝の上によじ登った。

「相変わらずおじちゃん好きねえ」

玲美が笑いながらテーブルに料理を並べる。

ソーセージを散らしたピザに、シーフードサラダに、ムール貝入りのピラフにと、美月の好きそうなメニューだった。

「さあ、できたわよ。あ～あ、美月さんに会いたかったなあ。早く仲直りしなよね。じゃないと、私も絶品オムライスを食べられないじゃない」

味がよければコラボしたかったのにと愚痴っている。

「仲直りか……」

さすがに紅林家との事情を打ち明けるわけにはいかないので、「深刻と言えば深刻かな」と苦笑する。

「まさか、新婚一年で離婚とかないでしょうね」

「……」

「えっ、ちょっと、待ってよ。何やっているの」

本当に何をやっているのだろう。我ながら情けなさ過ぎた。

「美月さん、まだ二十一歳だっけ？　あ～、もう！　すぐに他の男に取られちゃうわよ。料理上手なお嫁さんとか絶対に逃がしちゃダメじゃない」

言いたい放題言われている。

政臣は膝の上の聡の頭を撫でた。当然なのだがその柔らかさは美月のものとはまったく違う。

彼女が恋しかった。

玲美はピザを切り分け、政臣と聡の前に押し出した。

「どうして追い掛けないの。悪いことをしたならちゃんと謝って、戻ってきてくださいって土下座でもなんでもしなさいよ。お兄ちゃんがプライド高いのは知っているけど、プライドは人を幸せにはしてくれないわよ。お願いだから、お父さんとお母さんみたいにならないで」

最後の一言は特に手痛かった。

「……お兄ちゃんはお父さんじゃないのよ。美月さんだってお母さんじゃない」

玲美も堂上家にいた頃を思い出したのだろう。血を吐くような口調でそう訴える。

両親の関係で一番傷付いたのは玲美だ。だが、玲美は自力で過去を乗り越え、幸せを摑《つか》み取《と》った。

父も家も捨てて振り返りすらせず、真っ直ぐに未来に向かっていったのだ。

では、自分にとっての幸福とは何かを考え、やはり美月でしかないのだと思う。暗闇を照らし出してくれる月明かりのように、彼女の存在は味気なかった人生を照らし出してくれた。

　ピザを手に取り一口食べる。

「うん、美味い。……だけど、やっぱり美月の料理には敵わない」

「何よ、ノロケ？　オムライスが絶品だったのよね」

「オムライスだけじゃない。ポークカレーも、海老《えび》ピラフも、シーフードドリアも、ナポリタンも世界最高の味だ」

「いいなあ。私のお嫁さんにしたいくらいだわ。それにしてもお兄ちゃん、随分庶民的な舌になったのねえ」

　玲美はテーブルの上に手を組んで顎を乗せて笑った。

「しっかり胃袋も心も摑まれているんじゃない。ちゃんと連れ戻してきなさいよ」

＊＊＊

　——峠亭再開に当たって、メニューも一新することにした。

　仕入れや調理が容易なので、ピザを入れることにしたのだ。デザートメニューも今までになかったスイーツを入れている。

だが、オムライスだけは変わらなかった。

政臣の好物だったからだ。

美月はメニュー票を眺めながら、いつか目にした笑顔を思い出した。

『うん、美味い。美月のオムライスが世界一美味しい』

まだ涙が出そうになったので、慌ててメニューを閉じた。

美月は明日からの開店の準備に勤しんでいた。

なお、陽子は退院次第、今後パートで入ってもらうことになっている。当分は美月メインであとはアルバイトに手伝ってもらうつもりだった。

しかし、頭が痛い。

まだ陽子に政臣と別れたと打ち明けられていないからだ。せっかくいい人と一緒になったと喜んでくれていたのにと悲しくなる。

そして、もう一人は勇人である。前日の開店準備にも、なんだかんだで付き合ってくれた。

「勇人、このお客さんからもらった花束、窓辺に等間隔で置いてくれない？」

「オッケー。しっかし、お前モテるなあ。これ皆貢ぎ物かよ」

「お祝いでくれただけよ」

「……ったく、相変わらず鈍いよなあ」

愚痴りながらも指示通りにしてくれる。

それから十五分後には準備は万端。二人で満足して店内を見回した。

「う～ん、設計してくれたヤツはすごいな。ここまで完璧に再現できるって難しいだろ」

新峠亭は現代の建築基準法を守りながら、旧峠亭とほぼ変わらぬ外観と内装になっていた。

もちろん美月の監修があったからではあるが、それだけではない情熱のようなものを感じる。

デザインや建築材料だけの問題ではない。旧峠亭の雰囲気を見事に再現してくれていたのだ。

これほど温かい店作りができる人を、美月は世界で一人しか知らなかった。

（政臣さん……）

眼鏡のレンズの向こうにあった、優しく細められた切れ長の目を思い出し、目と鼻の奥がツンと痛くなった。

「ったく……」

勇人は美月の隣に立ち、「辛気くさいな」と愚痴った。

「なあ、美月、もう一度聞きたいんだけど、俺じゃ駄目か？」

「……」

「俺じゃ別れた旦那の代わりになれないか？　思い出すと泣きたくなるくらい、美月にひどいことをしたヤツなんだろう」

「……違うの」

美月は拳を握り締め、首を横に強く振った。

「私が、信じられなかっただけで」

籍を入れていなかったのも、何か理由があったのかもしれない。あったのだと信じたい。だが、政臣の本心を聞くのが怖くて逃げ出してしまった。

「……信じさせることができないヤツの方が悪いだろ」

「そうかもしれない。でもね、そう思えないの。だって」

――まだ政臣さんが好きだから。

言葉にはしなくとも勇人には言わんとすることが理解できたらしい。「あ～あ」と天井を仰いで美月に背を向けた。

「やっぱり幼馴染みポジションって損してばっかりだな」

「勇人……」

「安心しろ。俺は責任持ってバイトに励むからな。そんな俺に惚れたところでもう遅いぞ」

「あはは……」

いつもの勇人の冗談につい笑ってしまう。

勇人も美月の反応に苦笑しつつ、「じゃあな」と手を振って新峠亭をあとにした。

一人取り残された店内で、カウンター席に腰を下ろす。

今頃政臣はどこで何をしているだろうか。もし、コーヒーを飲んでいるのなら一体どこで――。

溜め息を吐いて足下に目を落とす。

「私って……未練がましいなあ」

政臣宅から出て行く際、今までもらったものはすべて置いてきた。婚約指輪も、結婚指輪も、長春色の着物もだ。

だが、思い出だけはそうはいかなかった。

恋愛とは難しいものだと感じる。

早く忘れてしまいたいという思いと、忘れたくないという思い、どちらも自分にとっては真実なのだ。

――翌日の朝、モーニングからの開店だったが新峠亭は予想通り常連客で混んだ。

「美月ちゃんのたまごサンドがまた食べられるなんて嬉しいねえ！」

「ランチも食べに来るから頼むよ」

「よろしくお願いします！」

料理もコーヒーもどんどんさばけ、この分なら以前の賑わいを取り戻せるだろう。

なのに、いつものように心が弾まない。

（いけない。ちゃんとしないと味に出ちゃう）

心の中でカツを入れコーヒーに向き合った。

温めたポットに濾し袋を被《かぶ》せたのち、粉を入れて表面が均等になるようにならす。その後「の」の字を書くように丁寧に注ぐ。

それから――。

（……政臣さんと初めて会った時にもこんな風にコーヒーを淹れたんだったた）

まずい、思い出に引《ひ》き摺《ず》られている。

政臣がコーヒー好きだっただけに、香りを嗅ぐと彼の黒い瞳を思い出してしまうのだ。

――重傷だった。

政臣の連絡を突っぱねて一ヶ月近く経つのに。

それでも身に染みついたルーティンワークを間違えることはなく、美月は勇人ともう一人のバイトとともに店を切り盛りした。

くるくる忙しく働く間に、あっという間にモーニングタイムも、ランチタイムも過ぎ、ディナー提供の時間も過ぎて、ラストオーダーの午後六時半になった。

勇人がエプロンを脱ぎ、背伸びを一つすると、ひらひらと手を振って峠亭を出て行く。

「じゃあ、お疲れ〜」

「お疲れ様。明日もよろしく」

「……って、あれ？」

勇人は出入り口の前で足を止めた。

「どうしたの？　外にお客さんいる？」

「……うんにゃ」

勇人は肩を竦《すく》めてドアを開けた。カランカランとドアベルが鳴る。

「美月、あのな」

振り返って何か言いかけたが、「ま、いいか」と肩をすくめる。

「そこまで俺もお人好《ひとよ》しじゃないしな」

「勇人……？」

勇人は今度こそ峠亭をあとにした。

（どうしたんだろう？）

首を傾げつつコーヒーカップを洗う。

幸い、資金はまだ余っている。業務用食洗機でも買うかと検討していたところで、また

カランカランとドアベルの音がした。

「いらっしゃいませ。もうすぐラストオーダーなので、早めにご注文を」

顔を上げ、カウンター越しに今日最後となりそうな客の顔を見て驚いた。

「政臣さん……」

一体何をしに来たのか。

政臣は店内を見回した。

「席はどこでもいいですか？」

「は、はい……」

どうせ政臣以外客はいない。

政臣は店内を横切りカウンター席に腰を下ろした。

調理場との距離が近いので戸惑う。

「あ、あの、ご注文は……」

「キリマンジャロのストレートコーヒーで」

忘れられるはずもない、あの日と同じ注文だった。

「……かしこまりました」

今カウンター席にいるのは政臣である前に一人の客だ。心に迷いがあってはいけない。バリスタとしての誇りを持って一杯、一杯を丁寧に。そう自分に言い聞かせながらコーヒーを淹れる。

「どうぞ、ストレートコーヒーになります。それから、こちらはサービスのクッキーです」

今日のクッキーはアイスボックスクッキーだった。生地は市販のものだが、ナッツやココアパウダーを加え、オリジナルの風味にしてある。

政臣はまずコーヒーを一口飲み、二口飲むと、今度はクッキーを一枚口に入れ、またコーヒーを含んだ。

「うん、美味い。やっぱりコーヒーは峠亭のものが一番だ。味も変わっていない」

政臣はカウンターの上で手を組んだ。

「美月さん……いや、美月、今日は話をしたくてここに来た」

「……体調はどうだ」と低い声で切り出す。

「はい、元気です。私、これでも結構丈夫なんです」

美月はそう答えたあとで、「すいません」と顔を伏せた。

「勝手に出て行ってしまって……」

政臣には怒った様子はまったくない。それどころかどこか苦しそうに見えた。

「……いや、君が俺を嫌になっても当然だ。もう顔を見たくもないだろうが、どうしても君と話し合う必要があった。君はピルを飲んでいるか？」

美月はピルとは何かと一瞬きょとんとし、すぐに経口避妊薬を意味するのだと気づいて首を振った。

「いいえ、飲んでいません。必要ない薬はなるべく飲みたくないんです」

「……そうか」

政臣は再びコーヒーを一口飲むと、とんでもない爆弾発言をした。

「言い訳にはならないが、バスルームで君を抱いた夜、僕は酔っていた。だから、しっかり避妊ができていたと確信できない」

言葉を失くした美月にさらにもう一発落とす。

「君は妊娠した可能性がある」

「……」

美月は呆然としたまま政臣を見つめた。

(にん、しん?)

まだ妊娠の知識がないので混乱する。

一方、政臣はどこまでも冷静であり、ほとんど動揺もしていなかった。

「可能性がないとは言えないらしい。アフターピルは飲んでないな?」

アフターピルなど言葉すら知らない。

「あれも完全に避妊できるとは言えないようだが……」

政臣はテーブルに目を落としていたが、やがて、美月の目を真っ直ぐに見つめた。

「万が一君が妊娠していれば、その子は僕の子だ。中絶は避けてほしい」

「ちゅう、ぜつ……」

情報量が多すぎて脳でうまく処理できない。

「昨日今日ではまだわからないそうだ。来月にならないと、検査をしても意味がないらしい」

「そう、ですか……」

美月は腹にそっと手を当て溜息を吐いた。

（政臣さんの赤ちゃん……）

あの夜に宿ったのかもしれないと聞いても、まだ母親になる実感も覚悟もない。

それでも、中絶するという選択だけはあり得ない。そんな恐ろしい真似ができるはずがなかった。

（ああ、そうか）

初めて自分を身籠もっても、中絶せずに産んでくれた陽子の気持ちがわかった。

（お母さんもきっとこんな気分だったんだ……）

「……美月」

政臣が様々な思いに揺れる美月の名を呼ぶ。

「僕のためにとは言わない。……子どものために、やり直さないか」

「……」

「僕は自分の子どもには、両親に愛されて育った、幸福な思い出を与えてやりたい」

美月はそうか、政臣は子どもが欲しいのかと納得した。堂上の血を引いた後継者が必要なのかもしれない。

だが、なぜだろうと政臣を見つめる。

自分よりずっと背が高く逞しいのに、なぜか政臣自身が膝を抱えて泣く、小さな子どもに見えたからだ。

それでも、自分の決意を告げなければならなかった。

「政臣さん、もし子どもができていても、私は一人で育てるつもりです」

政臣が大きく目を見開く。

「なぜ……」

子どもに父親のいる環境を与えるためにやり直す——それも一つの道なのかもしれない。だが、浩一郎と香織の関係を思い出すと、必ずしも正しい選択には思えなかった。

「誰かと誰かが愛し合って、子どもが生まれて、愛されて育って……私、母にそんなお伽噺を聞いて育ったんです」

そして、今は政臣と結婚するまでそのお伽噺を信じさせてくれた母に感謝している。人と人との絆を純粋に夢見られたのだから。

「私は父親に顧みられない母親なんだと子どもに思わせたくありません。それだけできっと子どもは傷付きます」

これぱかりは自分の気持ちばかりを考えられなかった。

政臣はぐっと押し黙り、カウンターを凝視していたが、やがて「……違う」と唸った。

「政臣さん？」

「子どもはできていようといなかろうとどちらでもいいんだ」

言い訳にしか聞こえないだろうが、一度でいいから聞いてほしいのだと。

政臣はチャンスがほしいとは言わなかった。すべての判断は美月に委ねると告げる。

「僕は、君に返ってきてほしい。君自身に」

「政臣さん……」

「君がいないと寂しいんだ」

自宅マンションに戻っても、自分を待つ者は誰もいない。寒く、暗い部屋のベッドに腰を下ろすと、たまらない気持ちになるのだと。

「とても寂しい……」

美月は恐る恐る口を開いた。知らず声が震える。

「……でも、香織さんと結婚したんでしょう？」

切れ長の目が驚きに見開かれる。

「わ、私、愛人になるなんて嫌です。どれだけお金をもらえても嫌です。それくらいなら一生一人でいいです」

「美月、違う」

政臣はカウンターに手をついて立ち上がった。

「香織さんと結婚なんてしていない」

正確には浩一郎に勧められたが、きっぱり断ったのだと。

「確かに、彼女は僕の婚約者だった。だけど、愛していたわけじゃない。香織さんも同じだっただろう」

香織は美月の予想通り、政臣との結婚直前に恋人ができ、生まれて初めての男性に夢中になって駆け落ちしていた。

しかし、現実は甘くはなかった。

香織の恋人は人柄こそいいものの金がなく、香織は数ヶ月も経たぬ間に貧しい暮らしに嫌気が差したらしい。

とはいえ、結婚式をすっぽかしたので気まずく、浩一郎に叱られるのも嫌で、友人宅を転々としていた。

美月は香織の見通しの甘さに絶句し、なら、なぜ急に舞い戻る気になったのかと首を傾げる。

しかも、浩一郎が香織との結婚話を再度持ち掛けたということは、香織も気が変わったからだとしか考えられない。

この疑問への回答も美月の予想通りだった。

香織はやはり条件のいい政臣との結婚を承諾したらしい。独身時代の贅沢な暮らしを続けられるのなら構わないと。

だが、今度は政臣が冗談ではないと突っぱねた。

「美月、僕の妻は君しか考えられない」

絞り出すように愛を乞う。

「どうか戻ってきてくれないか。いいや、もう一度僕と結婚してくれ」

大の男がプライドをかなぐり捨てて、小娘に過ぎない自分にプロポーズしている。

しかし、政臣の言葉がすべて本心だというのなら、なぜ婚姻届を出さずに自分を内縁で留めておこうとしたのか。

その答えは続く政臣の言葉によって明らかになった。

「たとえ君の中に他の男が棲《す》んでいるとしても君を諦め切れない」

「え……えっ？」

一体自分が政臣以外の誰を愛しているというのだろうか。

戸惑う美月に政臣も目を瞬かせる。

「君には恋人がいたんじゃないのか？」

「い、いいえ、残念ながら政臣さんとの結婚が決まるまで、交際経験なんて一度もありませんでした」

一体、どこでどう誤解させたのかと政臣から話を聞き出す。すぐに政臣の言う恋人が勇人のことなのだと気付いて絶句した。

「え、ええっ？　有り得ません！　勇人と恋人だなんて。気心の知れた幼馴染みではありますけど……」

美月の反応に政臣も切れ長の目を丸くした。

「なんだ。恋人ではなかったのか……そうだったのか」

美月はまさかと息を呑んだ。

「政臣さんは私がいつでも自由になれるように……この町に帰れるようにしようとしてくれたんですか……？」

「それは……」

「じゃあ、どうして私を抱いたんですか……？」

「……」

政臣は眼鏡を外した。

「……君を愛してしまったから」

褒められて嬉しくも照れ臭そうな顔や、淹れたコーヒーを「美味しい」と言われた時の笑顔、キスをされてくすぐったそうな顔――そのすべてが愛おしくなっていたのだと。

「君が隣にいない日々がもう考えられない」

「政臣さん……」

政臣は一枚の書類をカウンターに載せた。

婚姻届だった。

「君ともう一度結婚したい」

今日この場所からやり直したいのだと呟く。そして、美月がイエスと言ってくれさえすれば、今からでも婚姻届を出しに行きたいとも。

堂上家の一員でも、紅林家の娘でもない、ただの政臣と美月として向き合いたい――政臣はそう訴え口を噤んだ。

あとは美月の答えを待つつもりなのだろう。

「……」

美月はカウンター越しに手を伸ばすと、政臣の頬をそっと包み込んだ。答えの代わりに唇を重ねる。

政臣の驚いたような顔がおかしく、また、初めて優位に立った気もして、くすりと笑ってしまった。

「ええ、もちろんです。政臣さん……私もあなたを愛しています」

＊＊＊

美月と政臣の二度目の挙式は美月の憧れのチャペルで執り行われた。

今回は回復した陽子も出席している。

招待客の数は一度目から比べるとぐっと少ないが、家族や友人、常連客に祝福された温かいものとなった。

挙式には初めて顔を合わせる政臣の妹、玲美もいた。

「お兄ちゃんがこんなに若いお嫁さんをもらうだなんて。二十一才って私より六歳も下？」

とはいえ、自分たちの結婚は心から祝福してくれた。

「……どうかお兄ちゃんをよろしくね。私が夫と結婚するまでずっと防波堤になって私を守ってくれた人なの。これからはあなたの防波堤になってくれるから」

なお、政臣の家族は玲美以外、美月の家族は陽子以外来ていない。

一応招待状は送ったのだが、当然といえば当然だが、浩一郎や政臣の父の修からは欠席の返事が来た。

しかし、政臣はまったく気にしていなかった。なぜなら、修には認めてもらえなかったが、本家の当主——伯父には了解を得ているからだ。

修の面子を慮らなければならないこともあり、挙式には老体を理由に出席していないが、なんとご祝儀代わりに新峠亭に投資してくれた。

今度、挨拶にコーヒーを飲みに来てくれるとも。なお、政臣のコーヒー好きはこの伯父から受け継いだものらしい。

今から腕が鳴った。

一次会はホテルのレストランで。二次会は新峠亭で開催したのち、美月は二度目の新居となる政臣のマンションに向かった。

不思議な気分になる。

すでに政臣とは何度も肌を重ねているが、本当の夫婦としては初めての夜なのだから。

ベッドの中で互いにパジャマを脱がせ合う。

「なんだか……ドキドキします」

「僕もだ」

政臣はもう丁寧語を止めたようだ。

「なんだか、政臣さんっぽくないです」

「そうかい？　どちらかといえばこちらが素だよ」

以前は籍を入れていない後ろめたさがあり、無意識のうちに距離を取っていたのかもしれないと語った。

「だけど、もうそんな必要もないから」

「政臣さん……」

美月も思えば政臣に対してずっと丁寧語だった。

生まれ育ちが違うだけではない。香織の身代わりであることに、やはり後ろめたさがあったのだろう。

だが、これからは違う。

政臣と一生をともにできるのかと思うと、全身から喜びが込み上げてくるのを感じた。

「……政臣さん、キスしていい？」

政臣は美月から申し出られて切れ長の目を見開いたが、すぐに「ああ、もちろんだ」と微笑んだ。

眼鏡を外し、頬を傾けて唇を重ねる。

「……キスがうまくなったな」

政臣に褒められるとひどく嬉しい。嬉しさのあまり、甘えて広い胸に顔を埋め、笑いながら語る。

「政臣さんが一杯してくれたから。政臣さんが初めてのキスの相手で、練習台で、本番も……全部あなた」

政臣はその言葉を耳にした次の瞬間、息も止まるほど強く美月を抱き締めた。

「ま、政臣さん、潰れちゃう……」

政臣はくすくす笑いながら美月の頬を覆った。

「殺し文句も覚えたのかい？」

美月はそんなつもりはまったくなかったので戸惑う。

「殺し文句なんて……だって、本当のことだから……」

今度は前触れもなく唇と言葉を奪われもう蕩けそうになってしまう。

「……まったく、僕にとっては君の言葉はすべて殺し文句だよ」

政臣の唇からは二次会で飲んだワインの香りがした。

そのほのかな葡萄の香りにも、政臣自身にも酔ってしまいそうになる。

三度目のキスは触れてくるだけのものだったが、政臣は美月の存在を確かめるかのように繰り返し啄むように口付けた。

重ねては離れ、離してはまた重ねる。

キスは次第に深くなっていき、同時に美月の意識が溶けていく。政臣に与えられる熱に喘ぐ。

「……美月」

政臣の唇が頬に滑り、続いて目元に口付け、顎へと移って最後に再び唇へと戻った。優しいキスに心が和らぐ。

「……ん」

今度は軽く嚙まれたかと思うと、軽い痛みを癒やそうとでもするかのように、ちろちろと舌先で舐められる。

続いてすでにわずかに開いていた唇の狭間に滑り込む。歯茎を丁寧になぞられると背筋から首筋に掛けて震えが走った。

「ん……ふ。んっ……」

思いが通じ合ってのキスはこれほど甘美なものなのか。愛し合い、触れ合う感覚はこの世の何よりも心地よかった。

政臣は美月の背と膝裏に手を添えると、そっと横抱きにして抱き上げベッドへと向かった。

「ま、政臣さん、あのう……」

「うん、どうしたんだい？」

「そ、その、いつも横抱きにしなくても……」

やはり重いのではないか、手が痺れはしないかと気になってしまう。

女性としては他人事ではない。

「重くはないよ」

政臣は微笑みを浮かべて美月を見下ろした。

「むしろ、嬉しい重みだ」

「政臣さん……」

単に体重のことを意味しているだけではない。美月の人生そのものを示しているのだと
わかって、胸に熱い思いが込み上げてきた。

政臣の首に手を回して溜め息を吐く。

「私ももっと力があればよかったのに。……私も政臣さんを横抱きにしたかった。だって、
私だけがしてもらうだなんて……」

「気持ちは嬉しいけど、それは男の沽券に関わるな」

政臣が声を上げて朗らかに笑う。

なんだかおかしくなって美月も一緒に笑った。

結局、美月はいつものように横抱きのままベッドに連れて行かれた。

向かい合ってベッドの上に腰を下ろし、互いの服を脱がし合う。

政臣が美月のブラウスの最後のボタンを外しながら尋ねる。

「美月、子どもは何人ほしい？」

今夜はコンドームもピルも一切の避妊をしていない。

今度こそ本物の夫婦に、家族になろう——そう決意した時、二人とも自然と子どもがほしいと感じていた。

「何人でも。だって、幸せが増えることだもの」

結局、籍を入れる前の最後の夜のあとには生理が来て、子どもはできていないと判明している。

だが、楽しみが先延ばしになっただけだ。いつか家族が増えることを今は二人で心待ちにしていた。

ブラジャーを外され、ショーツを自分で脱ぎ捨てる。

政臣も一糸纏わぬ姿となって美月を見つめた。

「美月……」

衝撃を殺すためなのだろう。腰に手を回されゆっくりと押し倒される。

それだけで政臣の思いやりを感じ取り、心身が歓喜に打ち震えた。

政臣の手が腰から脇腹、脇腹からふるふる不規則に揺れる乳房に這う。

「あ……ん」

長い指と大きな手の平に乳房を揉み上げられると、愉悦が軽い電流となってピリピリと首筋を刺激した。

「相変わらず感じやすい」

「だ……からっ」

政臣が触れるから感じやすくなるのだ。現に体の中にある芯がもう疼いて、肌は熱を帯びている。

すでに蜜口は期待にうっすら潤っていた。

乳房に爪が食い込んで身を震わせる。

「私が、感じやすいんじゃ、なくて……」

「僕のせいかい？」

涙目で頷くしかなかった。

形のいい薄い唇の端に笑みが浮かぶ。

「なら、責任を取るしかないな」

政臣は膝で美月の両足を割った。すでに濡れそぼつ蜜口に手が添えられる。

それだけで反応して喉を曝け出してしまった。

「あ……あっ……」

声の高さがツートーン上がる。

蜜口に指が沈むと鼻に掛かった喘ぎ声が漏れ出た。

「んっ……ふ……。んあっ」

「……可愛い声だ」

政臣は美月の花心を責めながら、薔薇色に火照った肌に赤い痕を刻み付けていく。ひとつだけではなく、いくつも。

「美月、愛しているよ」

「……っ」

すでに息が途切れ途切れになっていたが、美月はそれでも声を絞り出して伝えようとした。

「……も」

「ん？」

政臣が首を傾げる。

「……私、も、政臣さんを、愛している……」

切れ長の目が大きく見開かれる。

次の瞬間、広い胸に掻き抱かれ、続いて全身にキスの雨を降らされた。

「君はなんて……」

政臣の声が途切れる。

だが。美月は何を言おうとしているのかがわかった。

――なんて愛おしいのだろう。

以前は理解できなかった政臣の心が、今は寄り添うように感じ取れる。

心の距離がなくなったことが涙の出るほど嬉しかった。

同時に、体が熱に溶けて緩み、政臣を受け入れる体勢が整う。

「政臣さん……来て……」

広い背に手を回して行為を促すと、政臣は小さく頷き美月の膝を押し広げた。

肉の楔を押し当てられ、その熱にぶるりと身を震わせる。

形と大きさを思い知らせるようにゆっくり押し込まれると、喉の奥から熱い息が小刻みに吐き出された。

それでも、すべての熱を逃すことはできなかったのだが――。

一方、政臣は溜め息とともに美月の耳元に囁いた。

「美月、君に本当に会いたかった……」

激情と愛情、双方を湛えた眼差しを受け止める。

「政臣さん、私も……会いたかった。あなたに、触れたかった……」

抱き合って互いの体温と肉体の存在を確かめ合う。

それからどれだけの時が過ぎたのだろうか。

初めに動いたのは政臣だった。美月の脇に腕を突きぐっと腰を突き上げる。

雄の力強さに美月の体が上下に揺れた。

「あんっ……」

甘い衝動に全身が揺れる。

かと思うと肉の楔を引き抜かれ、内壁を擦られる快感に喘ぐ間に、また中を摩擦で擦り切れそうなほど深く繰り返し抉られた。

「あ……ああっ……いい……好きぃ」

「それは僕がかい？　セックスがかい？」

両方どころか政臣自身に与えられるものすべてだ——そう伝えたかったがうまくいかない。

「美月、答えて」

もう答えなどわかっているだろうに問い掛けられ、美月は思わず唇だけで意地悪と呟いた。

なのに、その意地悪にすら感じてしまう。

政臣は微笑んで美月を抱き直した。

「僕も、君のすべてが好きだよ。……ずっとこうしていたい」

同感だった。

再び政臣の雄の証が美月の体内を掻き混ぜる。

「……っ」

隘路を隙間なく満たす政臣の熱をありありと感じた。

引き抜かれ、突き上げられ、最奥へと続く扉を抉られ、そのたびに甘く高い声が室内に響き渡る。

二人の放つ汗と吐息によってシーツはしっとりと湿り、室内の空気は熱にわだかまった。

「あ……ん。あっ……ああっ……」

肉の楔が美月にある体内のざらりとして、ふっくら盛り上がった敏感なそこを突き上げる。

背が弓なりに仰け反って腰が跳ねた。

「う……あっ。あ、あ、あっ……」

きゅうきゅうと隘路を満たすそれを締め付けてしまう。

「……愛しているよ、美月」

次の瞬間、突き入れられる衝撃が美月を襲った。

政臣が最奥まで腰を進め熱い何かを放つ。

その後肩で大きく息をしていたが、やがてまだ美月の体内に分身を納めたまま、夢見るように惚けている頬を優しく撫でた。

「初めの子どもは男、女どちらがいい？」

政臣との子どもならどちらでもいいし、どちらでも愛おしいだろう。

口にしなくとも政臣にはわかったらしい。

「僕もだよ」

そう耳元で囁いて美月を再び胸に抱いた。

まだ早鐘を打つ心臓の鼓動が聞こえる。

美月はそっと目を閉じこれから政臣とともに歩く未来を思った。

（私、幸せ……）

数年後には、きっと家族は二人から三人になっているだろう。あるいは四人かもしれない。

何人でも構わなかったし、その分だけ幸せが増える――そう信じられることが今はなにより幸福だった。

あとがき

はじめまして、あるいはこんにちは。東 万里央です。

このたびは「パーフェクトな旦那様は身代わり妻を甘やかしたい」をお手に取っていただき、まことにありがとうございます。

現代を舞台にした身代わり&政略結婚ものでしたが、いかがでしたでしょうか。

とにかく甘〜くしたい！　と旦那様の溺愛描写を頑張ってみました。

さて、今回政臣と美月の新婚旅行先の北海道、自分が以前札幌と函館、小樽旅行をした際の記憶を掘り起こして書きました。

当時の日記と写真を保存しておいてよかった……。

有名どころは一通り周り、名物もアレコレ食べたのですが、観光で一番感動したのが北海道大学でした。

なんと東京ドーム三十八個分に相当する敷地面積だそうです。

ひっっろ！

ええ、見事迷子になった記憶があります（笑）。

冬場にはなんと遭難者も出るそうで、さすがでっかいどうやと唸りました。

道路も本州よりずっと広くて真っ直ぐなんですよね。

残念ながら北海道大学や道路の様子は作中には書けませんでしたが、また行ってみたいものです。

また迷いそうな気がしますが。

グルメでは函館の居酒屋で食べた鱈の白子の天ぷらが絶品でした。

クリーミーでほんのり甘味があって、ビールと合わせるとその瞬間、世界で一番幸福な気分でした（笑）。

なお、北海道土産として書いた宝石のインカローズですが、かつて産出していたというのは事実で、稲倉石鉱山は規模も大きく特に有名だったそうです。

やはり北海道のパワーストーンショップに行った際見せてもらったのですが、他にはない薔薇色でうっとりしました。

話題を変えて。

美月の純喫茶峠亭ですが、こちらにはモデルがございまして、そこで飲んだコーヒーがあまりに美味しかったので、当時の記憶を探りながら書きました。

やはりネルドリップで淹れたキリマンジャロのストレートコーヒーで、確か一杯ウン百円とお高かった覚えがありますが、後悔しない雑味のないクリアな美味しさでした。

う～ん、また飲みたくなってきた。

亀戸にあったのですが、検索するとちゃんと出てきたので、繁盛しているんだなと嬉しくなりました。

あそこで食べたピザトースト、まだメニューにあるのだろうか……。

とまあ、今回は作中に観光地やコーヒー、喫茶店的な食事など、楽しいことも一緒にたくさん書けて楽しかったです。

二人のラブストーリーと一緒に楽しんでいただけていれば幸いです。

最後に担当編集者様。いつも適切なアドバイスをありがとうございます。今回特に苦労したのですが、なんとかまとめることができました！

表紙と挿絵を描いてくださった敷城こなつ先生。私の大好きな眼鏡男子をイケメンに描いていただきありがとうございます。

美月もイメージ通りの可愛い女の子で、同時にベッドシーンではドキドキするほど色っぽかったです。

また、デザイナー様、校正様他、この作品を出版するにあたり、お世話になったすべての皆様に御礼申し上げます。

早く戦争が終わりますようにと世界平和を祈りつつ……。
それでは、またいつかどこかでお会いできますように！

東　万里央

原稿大募集

ヴァニラ文庫ミエルでは乙女のための官能ロマンス小説を募集しております。
優秀な作品は当社より文庫として刊行いたします。
また、将来性のある方には編集者が担当につき、個別に指導いたします。

◆募集作品

男女の性描写のあるオリジナルロマンス小説（二次創作は不可）。
商業未発表であれば、同人誌・Web 上で発表済みの作品でも応募可能です。

◆応募資格

年齢性別プロアマ問いません。

◆応募要項

- パソコンもしくはワープロ機器を使用した原稿に限ります。
- 原稿は A4 判の用紙を横にして、縦書きで 40 字 ×34 行で 110 枚 ~130 枚。
- 用紙の 1 枚目に以下の項目を記入してください。
  ①作品名（ふりがな）/②作家名（ふりがな）/③本名（ふりがな）/
  ④年齢職業 /⑤連絡先（郵便番号・住所・電話番号）/⑥メールアドレス /
  ⑦略歴（他紙応募歴等）/⑧サイト URL（なければ省略）
- 用紙の 2 枚目に 800 字程度のあらすじを付けてください。
- プリントアウトした作品原稿には必ず通し番号を入れ、右上をクリップなどで綴じてください。

注意事項

- お送りいただいた原稿は返却いたしません。あらかじめご了承ください。
- 応募方法は必ず印刷されたものをお送りください。CD-R などのデータのみの応募はお断りいたします。
- 採用された方のみ担当者よりご連絡いたします。選考経過・審査結果についてのお問い合わせには応じられませんのでご了承ください。

◆応募先

〒100-0004　東京都千代田区大手町 1-5-1　大手町ファーストスクエアイーストタワー
株式会社ハーパーコリンズ・ジャパン　「ヴァニラ文庫作品募集」係

パーフェクトな旦那様は身代わり妻を甘やかしたい

Vanilla文庫 Miel

2023年2月20日　第1刷発行　　定価はカバーに表示してあります

著　作　東 万里央　©MARIO AZUMA 2023
装　画　敷城こなつ
発行人　鈴木幸辰
発行所　株式会社ハーパーコリンズ・ジャパン
東京都千代田区大手町1-5-1
電話　03-6269-2883（営業）
0570-008091（読者サービス係）
印刷・製本　中央精版印刷株式会社

Printed in Japan ©K.K.HarperCollins Japan 2023 ISBN978-4-596-76809-4